Anna Tumarkin

Herder und Kant

Anna Tumarkin

Herder und Kant

ISBN/EAN: 9783744606479

Hergestellt in Europa, USA, Kanada, Australien, Japan

Cover: Foto ©Raphael Reischuk / pixelio.de

Weitere Bücher finden Sie auf **www.hansebooks.com**

HERDER und KANT.

❋

Inauguraldissertation

zur Erlangung der Doktorwürde der philosophischen Fakultät der
Universität Bern. eingereicht

von

Anna Tumarkin.

Auf Antrag des Herrn Prof. Dr. Ludwig Stein von der Fakultät
genehmigt und mit dem Imprimatur versehen.

Bern, den 11. Juli 1895.

Der Dekan der philosophischen Fakultät:

Prof. Dr. Ph. Weker.

———— ❋ ————

Bern.
Buchdruckerei Steiger & Cie.
1896.

Meinen lieben Eltern

in Dankbarkeit

gewidmet.

Die Frage und ihre Litteratur.

Im Herbst 1762 immatrikulierte sich Herder an der Königsberger Universität und am 21. August betrat er zum ersten Mal das Auditorium des Magisters Kant. Der Inhalt dieser ersten Vorlesung, wie wir ihn aus Herders Kollegienhefte [1] kennen, betraf die damals vielbesprochene Geisterfrage.[2] Nachdem Kant eine natürliche Lösung derselben empfohlen hatte, stellte er dieselbe Forderung der natürlichen Erklärung auch an die Theologie. Diese freigeistige Ansicht mag wohl dem jungen liberalen Theologen gefallen haben, und von dieser Stunde an wurde derselbe ein eifriger Schüler und Bewunderer Kants. Dass dieses Verhältnis sich nachmals änderte, dass Herder später zu den gehässigsten Gegnern und Bekämpfern des Kritizismus gehörte, ist leider allzu sehr bekannt. Allzu sehr verbreitet ist aber auch die Zurückführung dieses veränderten Verhältnisses auf persönliche Gründe. Auch *Hettner* leitet den Bruch zwischen Herder und seinem ehemaligen Lehrer aus der Rezension ab, die der letztere über die ‚Ideen‘ geschrieben hat.[3] Anders zwar lautet das Urteil derer, die sich mit der Frage speziell beschäftigt

[1] Haym, „Herders Leben und Werke", I., 30,

[2] Sollte schon diese Vorlesung durch die Swedenborgfrage veranlasst worden sein, so könnte dieselbe als ein eigentlicher Markstein in den Beziehungen der beiden Denker gelten: ihr begegnen wir im Anfang dieser Beziehungen, an ihrem Wendepunkte („Träume" und ihre Rezension) · und endlich an ihrem Ende (Herders letztes Urteil über Kant in „Adrastea").

[3] Hettner, „Litteraturgeschichte des 18. Jahrhunderts." III., 8. S. 99.

1

haben; so weist schon *Pfleiderer*[1]) einen tiefer liegenden Grund der Polemik der beiden Philosophen nach; ihre tiefe Geistesverschiedenheit und nicht bloss persönliche Umstände zwangen sie zu einer Auseinandersetzung, und es liegt in der Natur der Sache selbst, dass der innere Widerspruch ihrer philosophischen Ansichten zum Ausdruck kam. Nur räumt Pfleiderer dieser Geistesverschiedenheit eine zu grosse Bedeutung ein und verneint auch jede Beeinflussung Herders durch Kant, sogar in den Universitätsjahren des ersteren. Seitdem aber *Suphan*[2]) die philosophische Abhängigkeit des jungen Herder von seinem Lehrer nachgewiesen hat, ist dieselbe eine unbestreitbare Thatsache. Als eine solche gilt sie auch *Haym*,[3]) der, alles vorhandene Material berücksichtigend, das ganze Verhältnis am besten beleuchtet; für ihn ist die Ursache des Bruches weder die persönliche Entfremdung Herders von Kant, noch das System des letzteren an sich, sondern die Folgen dieses Systems; Herder kämpft, nach seiner Meinung, weniger gegen Kant, als gegen den Kantianismus. Endlich beschäftigt sich mit dieser Frage auch *Kühnemann,*[4]) welcher den Bruch der beiden Philosophen durch die Erlahmung des Herderschen Gedankens erklärt.

Um die Frage nach der Ursache dieses Bruches zu lösen, scheint es mir am wichtigsten, immer die Zeit der geäusserten Ansichten zu berücksichtigen und die jeweiligen Standpunkte der beiden Denker gegenüber zu stellen. Diese Methode des zeitlichen Verfolgens der beider Denker scheint mir, in Rücksicht auf die allmähliche Entwickelung der Kantischen Weltanschauung einerseits und die Abhängigkeit der Ansichten Herders von seinem jeweiligen Gemütszustand andererseits, doppelt berechtigt.

Die zweite Frage, welche sich uns bei der Betrachtung der beiden Philosophen von selbst aufdrängt, ist die nach dem

---

[1]) Pfleiderer, „Herder und Kant" (Jahrbücher für protestantische Theologie, Bd. I, Heft 4, 1875).

[2]) Suphan, „Herder als Schüler Kants" (Zeitschrift für deutsche Philologie, 1872, Bd. IV).

[3]) Robert Haym, „Herder nach seinem Leben und seinen Werken" (1880–1885).

[4]) „Herders letzter Kampf gegen Kant" (Studien zur Litteraturgeschichte, Bernays gewidmet, 1893).

Verhältnis ihrer Weltanschauungen. Was die Litteratur dieser Frage betrifft, so ruft anfangs die Polemik Herders eine ganze Reihe ihn tief herabsetzender Schriften hervor.[1]) In diesen Schriften — meistens von Kantianern verfasst — erscheint Herder als verschrobener Metaphysiker, der das Neue in der Wissenschaft zu würdigen weder verstehe, noch wünsche. Fast die ganze erste Hälfte unseres Jahrhunderts blieb dieser Vorwurf auf Herder lasten, und erst in den letzten Jahrzehnten versuchten einzelne Forscher ihm Gerechtigkeit widerfahren zu lassen. Schon 1858 erklärt *Zimmermann*[2]) die Polemik Herders für die Stimme des gesunden Menschenverstandes und Herder selbst für das edelste Publikum, welches sich gegen die Schulphilosophie auflehnt. *Böhmer*[3]) sieht in beiden Denkern die Vertreter der zwei verschiedenen Weltanschauungen: der idealistischen in Kant und der realistischen — naturwissenschaftlichen in Herder; während Kants „idealistische, aber nebelhafte Weltanschauung" ihm als „ein eigentümlicher Durchgangspunkt der deutschen Kultur erscheint", sieht er in Herder den „glücklichsten Philosophen Deutschlands" und den wahren Vorläufer und Vertreter der naturwissenschaftlichen Richtung. Aehnlich gestaltet sich auch das Verhältnis unserer Philosophen bei Pfleiderer, welcher die Herdersche Weltanschauung als eine monistische dem Kantischen Dualismus gegenüberstellt. *Bärenbach*[4]) sieht sogar in Herder einen direkten Vorläufer Darwins, welcher dem „seit Kant verpönten Empirismus" Anhänger gewinnt. Mässiger in seinem Lob ist *Michalsky*,[5]) der die einzelnen wahren Gedanken der „Metakritik" hervorhebt und den Einfluss Herders auf Schelling und Lotze zu beweisen sucht. Die letzte Herderarbeit ist wohl die von *Kühnemann*,[6]) welcher in Herders Weltanschauung zwar einen gesunden Kern findet, in seiner Polemik

---

[1]) „Mancherlei zur Geschichte der metakritischen Invasion" von Rink; dann die Schriften Kiesewetters, Krugs, Ratzes, Cramers etc.

[2]) Zimmermann, „Geschichte der Aesthetik". S. 425 ff. 1858

[3]) Böhmer, „Geschichte der Entwicklung der naturwissenschaftlichen Weltanschauung." S. 33. 1872.

[4]) Bärenbach, „Herder als Vorläufer Darwins". 1877.

[5]) Michalsky, „Kants Kritik der reinen Vernunft und Herders Metakritik" (Zeitschrift für Philosophie und philosophische Kritik. 1884–1885).

[6]) Kühnemann, „Herders Persönlichkeit in s. Weltanschauung". 1893.

gegen Kant aber ein Zeichen „der Stockung der Gedanken in seiner Persönlichkeit" erblickt.[1]

Bevor wir an die Lösung dieser unserer zweiten Frage — nach dem Verhältnis der Weltanschauungen unserer Philosophen — herantreten, müssen wir noch die frühere Frage — nach den persönlichen Beziehungen derselben -- beantworten.

[1] Denselben Standpunkt nimmt auch die jüngste Arbeit Kühnemanns, „Herders Leben", ein (S. 262 ff.). 1895.

Erster Teil.

1. Herder als Schüler Kants.

Ueber die Universitätsjahre Herders, wie auch über seine erste Begegnung mit Kant berichten uns teils die „Erinnerungen" (I, S. 59—61), teils Herders Briefwechsel.[1]) Alle Vorlesungen, welche Kant in den Jahren 1762—64 hielt — über physische Geographie, Mathematik, Logik, Moral, Philosophie und Metaphysik —, soll Herder gehört und ihren Inhalt auch selbständig verarbeitet haben. Manche Stellen aus seinen Briefen und Jugendgedichten zeugen von seiner Begeisterung für den Lehrer, welcher auch seinerseits die frühen Produkte des Herderschen Geistes mit Wohlwollen begrüsst hat. So schreibt Herder an Eichhorn: „Durch Kant ist die Philosophie das Lieblingsfeld meiner Jugend geworden," und in einem seiner Gedichte sagt er: „Mein Erdenblick ward hoch — er gab mir Kant." Ein ganz anderes Licht wirft auf die Beziehungen des jungen Herder zu seinem Lehrer die Vorrede zur „Kalligone": „Der Jüngling," sagt da Herder von sich selbst, „bewunderte des Lehrers dialektischen Witz, seinen Scharfsinn, seine Beredsamkeit; bald aber merkte er, dass wenn er sich diesen Grazien des Vortrages überliesse, er von einem feinen dialektischen Wortnetz umschlungen würde, innerhalb welchem er selbst nicht mehr dächte. Strenge legte er sich also auf, nach jeder Stunde das sorgsam gehörte in seine eigene Sprache zu verwandeln . . . ." (S. 12). Auch Caroline Herder will uns glauben machen, dass ihr Mann „Kant am liebsten über die grossen Gesetze der Natur habe reden gehört; an seiner Metaphysik hingegen habe er weniger Geschmack

[1]) Näheres darüber bei Suphan und Haym, I, S. 29—50.

gefunden; Kants blinder Schüler und Nachbeter konnte und
wollte er niemals werden, und eine Sympathie der Gemüter fand
niemals statt" (Erinnerungen, I, S. 62). Es frägt sich nun, inwiefern diese beiden angeführten Stellen der Wahrheit entsprechen:
gegen ihre Glaubwürdigkeit spricht am meisten die bekannte
Stelle aus den „Humanitätsbriefen", welche Kant als philosophischen Lehrer preist (XVIII, S. 324): „Ich habe das Glück
genossen," heisst es dort, „einen Philosophen zu kennen, der
mein Lehrer war . . ., er kam immer zurück auf unbefangene
Kenntnis der Natur und auf moralischen Wert der Menschen . . .
Er munterte auf und zwang zum Selbstdenken; Despotismus
war seinem Gemüt fremde. Dieser Mann, den ich mit grösster
Dankbarkeit und Hochachtung nenne, ist Immanuel Kant; sein
Bild steht angenehm vor mir." Und durch den Vortrag dieses
zum Selbstdenken aufmunternden, dem Despotismus fremden
Lehrers sollte der Jüngling gefürchtet haben, „von einem feinen
dialektischen Wortnetz umschlungen zu werden, innerhalb
welchem er selbst nicht mehr dächte?" Sollte wirklich so
dialektisch bestrickend und den Inhalt verschleiernd der Vortrag
des damaligen Kant gewesen sein, der in seiner „Nachricht von
der Einrichtung der Vorlesungen" — 1765—66 — die forschende
induktive Lehrmethode als die beste hinstellt und das Ziel des
Vortrages darin sieht, dass die Schüler „philosophieren, nicht die
Philosophie, denken, nicht die Denker lernen"? Hat auch Herder
den Verfasser der „Kritik der reinen Vernunft", die er ja nicht
verstehen konnte, als einen Scholastiker angesehen, so hätte er
doch schwerlich diesen Vorwurf dem Kant der 1760er Jahre
machen können. Herder selbst schreibt an Hamann,[1] von allen
seinen Universitätslehrern sei Kant allein kein Pedant. Und
in Herders Reisejournal vom Jahre 1769 lesen wir: „Philosophie
und Metaphysik sollen als das Resultat aller Naturwissenschaften
gelehrt werden; ein lebendiger Unterricht darüber im Geiste
eines Kant, — was für himmlische Stunden!" („Lebensbild" II,
S. 214 ff.). Alle diese Aeusserungen Herders widersprechen den
zwei oben angeführten Stellen aus der „Kalligone" und den
„Erinnerungen". Trotzdem werden die letzteren noch von
Pfleiderer als glaubwürdig angesehen; erst Suphan und nach ihm

[1] Lebensbild I., 2, 178.

Haym haben sie, wie mir scheint, endgültig widerlegt. Der Zweck des Herder'schen Berichtes in der „Kalligone" ist nach Suphan „jenes erstere Bekenntnis in den „Humanitätsbriefen" einzuschränken und abzuschwächen, und dem Misstrauen und Widersprüche gegen die Lehren Kants, mit dem Herder spät und unerwartet hervorgetreten war, ein möglichst altes Datum zuzuschreiben . . ."

Haym[1] weist einzelne Anklänge an Kants damalige Ansichten beim jungen Herder nach; so z. B. das Hervorheben der Schriften Baumgartens, die Bevorzugung der „analytischen sokratischen Lehrmethode", die Forderung der „physischen Analyse" in der Philosophie, die Theorie der unzergliederlichen Begriffe, endlich direkte, wiederholte Anklänge an Kants „Betrachtungen über das Gefühl des Schönen und Erhabenen".

Aber würden wir auch nicht im Stande sein, diese einzelnen Anklänge nachzuweisen, so bliebe auch dann der tiefe Einfluss Kants auf Herder für uns eine unbestreitbare Thatsache, mag sie nun Herder bewusst oder unbewusst gewesen sein. Erinnern wir uns an den damaligen Standpunkt Kants. Es war die Zeit, in welcher Kants „Falsche Spitzfindigkeit der vier syllogistischen Figuren" (1762), „Der einzig mögliche Beweis Gottes" (1763), „Nachrichten über die Einrichtung der Vorlesungen" (1765) und „Betrachtungen über das Gefühl des Schönen und Erhabenen" erschienen. Lassen wir auch die schwierige, streitige Frage von der Entwickelung des Kantischen Denkens bis 1770 bei Seite, so bleibt doch als eine, so viel ich weiss, allgemein anerkannte Thatsache zurück, dass in Kants philosophischem Standpunkt vom Jahre 1762 bereits Leibnizisch-Wolfische rationalistische, wie auch englische empirische Elemente aufgelöst waren, [2] und völlig ausser Zweifel steht endlich Kants Hinneigung zur naturwissenschaftlichen Forschung. Diese drei Elemente finden wir aber sämtlich auch bei Herder wieder:

---

[1] I. Band, S. 39—50.
[2] K. Fischer, „Immanuel Kant", I., 7. Kapitel, S. 116; Paulsen, „Entwicklungsgeschichte der Kant'schen Erkenntnistheorie"; sogar Heymans, welcher im allgemeinen die Annahme einer empirischen Periode bei Kant bestreitet, giebt einen wenn auch unbewussten Empirismus (S. 574), oder wenigstens eine empirische Methode (Archiv für Gesch. der Philos., II., 579.) zu.

die Naturwissenschaft war seine Lieblingswissenschaft, der
Empirismus seine Methode, und der Rationalismus endlich der
Standpunkt, von welchem aus er sogar den konsequenten
naturphilosophischen Pantheismus Spinozas mit Leibnizischen
Elementen durchsetzte.

Diese Verbindung von Empirismus und Rationalismus führte
Kant zur Annahme einer mechanischen Causalität, die jedoch
teleologisch gefärbt war,[1] sie bildete seine Lehre „der mechanischen Entstehung und fortschreitenden Entwicklung" — und
eben diese Lehre ist, wie Kuno Fischer sagt, zum Ausgangspunkt der Herderschen „Ideen" geworden.[2]

Von demselben dogmatisch-rationalistischen Standpunkt aus
kommt Kant zu seinem Optimismus und behauptet, dass unsere
Welt die beste und vollkommenste sei;[3] auch diese Ansicht
hat Herder nie verleugnet; die Zweckmässigkeit des grossen
Ganzen war immer der Standpunkt, von welchem aus er das Einzelne betrachtete. Alle Begriffe, welche aus der damaligen
Kantischen Weltanschauung entsprangen — von den lebendigen
Kräften,[4] von der Stufenleiter der Wesen, der freien Entwickelung der Natur nach ihren immanenten Gesetzen,[5] der Begriff von Gott als von der höchsten sich in der Natur offenbarenden
Vernunft,[6] die Ineinsbildung der Freiheit und der Natur — das
alles finden wir in den späteren Schriften Herders als deren Grundgedanken wieder.

Eine bevorzugte Stellung nahm im damaligen Gesichts-
kreis Kants die Moralphilosophie ein: ihm war die Moral etwas
Feststehendes, dem Denken Vorausgehendes und von ihm Un-
abhängiges;[7] — auch dieses moralische Element ist ein be-
zeichnendes und fast ausschlaggebendes für die ganze litterarische
Thätigkeit Herders — es ist das Princip seiner Humanitätslehre.
So finden wir denn in dem damaligen Standpunkt Kants die
Keime der drei wichtigsten Elemente des Herderschen Geistes:

[1] „Naturgeschichte des Himmels".
[2] „Immanuel Kant,, I. 151.
[3] „Betrachtungen über den Optimismus".
[4] „Gedanken von der Schätzung der lebendigen Kräfte".
[5] „Naturgeschichte des Himmels".
[6] „Der einzig mögliche Beweisgrund zu einer Demonstration des
Daseins Gottes".
[7] Beobachtungen über das Gefühl des Schönen und Erhabenen".

es ist sein naturwissenschaftlicher Pantheismus, die Durchsetzung desselben mit rationalistischen, geistigen Elementen und endlich die Belebung des Ganzen durch die Idee der Humanität. Sollte Kant auch keinen directen Einfluss auf Herder ausgeübt haben, so wirkte er auf ihn zweifellos mittelbar, indem er ihn mit Leibniz, Newton, Locke, Schaftesbury und Rousseau bekannt machte — Philosophen, deren directer Einfluss auf Herder von Niemanden geleugnet wird.

Alle diese scheinbar unversöhnlichen Elemente gähren in Kant in den Jahren 1762—64. Sie treffen wir auch bei Herder damals, wie später an. Aber während sie bei Herder nie ganz versöhnt und vermittelt wurden, strebt Kant nach einem einheitlichen und konsequenten System; den Weg zu einem solchen findet er im Humeschen Skepticismus. Dies ist das einzige Element des damaligen Kantischen Denkens, welches wir bei Herder nicht antreffen. Zwar finden sich auch bei ihm einzelne Bemerkungen, welche, im Vergleich mit dem Wolfischen Dogmatismus, skeptisch klingen; zwar ist auch ihm gleich Kant die Metaphysik „eine sokratische Weisheit Nichts zu wissen" (Fragmente, Bd. II, S. 17), aber es handelt sich hierbei immer nur um die „hohe Philosophie", wie Herder die Metaphysik nennt, nicht um die Philosophie überhaupt. So äussert sich der Herdersche seichte Skepticismus nur in seinem Widerspruch gegen die bisherige dogmatische[1]) Philosophie. Kant hingegen, dem es mit seinem Zweifel wirklicher Ernst war, überwand zunächst durch denselben alle fremden Einflüsse, unter welchen er früher gestanden hatte, um dann schliesslich ihn selbst zu überwinden und zu seinem eigenen kritischen System zu kommen. Diese tiefe Bedeutung konnte Hume für Herder, mit seiner von Hause aus vertrauensvollen Seele, mit seinem absoluten Glauben an unsere Erkenntnis, nicht haben. So war denn eben dasjenige Element im Geiste Kants, welches dessen Kriticismus herbeiführte, für Herder unzugänglich, und so war ihm das Verständnis des zukünftigen Systems seines Lehrers von vorneherein verschlossen.[2])

---

[1]) Darauf bezügliche Stellen bei Herder, siehe Haym, 1, S. 48.

[2]) Höffding, „Kontinuität im Entwicklungsgange Kants", Archiv, Bd. VIII. „Herders Naturell und Geistesrichtung gemäss war es kein Wunder, dass Humes Zweifel ihm übertrieben und willkürlich erscheinen konnte: Herder fand keine solche Verwendung für diesen wie Kant, dessen Gedanken

Von dem skeptischen Elemente abgesehen, blieb Herder, wie
Haym (I, S. 41) sagt, „ein Kantianer vom Jahre 1765, um schliesslich gegen den Kant vom Jahre 1781 die nur neu gemischten
und gefärbten Gedanken des werdenden Kant zu Felde zu
führen."

Dieses einzige Element, welches den Schüler vom Lehrer
trennte, führte nun zu ihrem ersten Missverständnis; den Anlass
dazu gaben „Die Träume eines Geistersehers". Mit Recht, scheint
mir, nennt Hettner (III, 2, S. 251 ff.) diese „Träume" — das
Programm der ganzen zukünftigen Thätigkeit Kants, den Vorläufer seines Kriticismus. Mag der Standpunkt dieser Schrift
ein absolut skeptischer (K. Fischer, I, 269) oder ein noch im
wesentlichen empiristischer (Paulsen, S. 88), oder endlich ein
realistisch-rationalistischer (Heymans im Archiv, II, 575) sein —
das eine darf wohl als sicher gelten, dass von allen vorkritischen
Schriften Kants diese dem kritischen System inhaltlich am
nächsten steht. Für Kant ist der Geisterseher Swedenborg ein
eben solcher Träumer, wie alle dogmatischen Metaphysiker, von
denen sich jeder seine eigene Welt ausdenkt. In der Frage,
ob es Geister gäbe, *wie* sie beschaffen seien, ob es eine Gemeinschaft zwischen ihnen gäbe, entscheidet er sich weder *pro*, noch
contra: jede Annahme sei ebenso möglich, aber auch ebenso
unbeweisbar, wie die ihr widersprechende, denn metaphysische
Behauptungen können nicht bewiesen werden, sie sind Traum,
bewusster oder unbewusster Trug. Weder der Hylozoismus,
der Alles belebt, noch der Materialismus, der Alles tötet, sind
beweisbar; ja noch mehr: „wie etwas könne eine Ursache sein,
oder eine Kraft haben, ist unmöglich durch Vernunft jemals
einzusehen"; die wahre Aufgabe der Philosophie besteht daher
nicht in der Behandlung von Fragen, die sie nicht zu lösen
vermag, sondern nur in der Prüfung der „Grenzen der menschlichen Vernunft", und die Folge dieser Prüfung ist eine sokratische Zufriedenheit mit der gegebenen, erkennbaren Welt. Auch
die Behauptung, dass die Metaphysik die Frage nach dem zukünftigen Leben lösen soll, weil die letztere unsere Moral be-

dadurch in stärkeren Fluss gesetzt wurden, ja Herder konnte kaum
verstehen, wie Kant ihn zu verwenden vermochte; sein späteres Verhältnis zu Kant lässt dies vermuten."

gründe, wird von Kant widerlegt: ihm ist ja die Moral etwas
Ursprüngliches, vom Wissen Unabhängiges: „man müsse die
Erwartung der künftigen Welt auf die Empfindungen einer wohl-
gearteten Seele, nicht umgekehrt ihr Wohlverhalten auf die
Hoffnung der anderen Welt gründen." So haben wir denn schon
in dieser Schrift die beiden Hauptkeime des Kriticismus Kants.
Seine offene Erklärung für das vernünftige. „Ich weiss nicht"
einerseits und sein Abweichen von Hume in den Fragen der
Moral andererseits kündigen uns im Verfasser des kleinen Bänd-
chens den Urheber der beiden Kritiken an.

Und nun, wie verhält sich Herder zu diesem Vorläufer der
kritischen Schriften Kants? In seiner Rezension der „Träume"[1]
lobt er die feine und einnehmende Art des Vortrags, die treu-
herzige Laune zu erzählen und zu philosophieren, die Beobachtungen in der Pathologie der menschlichen Seele, den analytischen
Weg. Nicht zufrieden aber ist er mit dem Inhalt der Schrift
und besonders mit ihrem „dogmatischen", d. h. rein philosophischen
Teil, in welchem Kant von der Möglichkeit der Geister spricht.
Herder wirft dem Verfasser vor, dass er „Hypothesen darbringe,
die, wie eine Synthese betrachtet, mehr Schönheit haben, als
sie haben dürften, wenn sie immer bei Datis blieben". Als ob
Herder nicht bemerkt hätte, dass Kant nur dazu die Frage
scheinbar ernst aufnimmt, um dann überhaupt die Beschäftigung
mit solchen Fragen im komischen Lichte darzustellen, sagt er:
„Der Verfasser trägt die Wahrheiten von beiden Seiten vor und
sagt, wie jener Römer: einer sagt nein! der andere ja! ihr
Römer, wem glaubt ihr?" Schon die erste Rezension Herders
beruht so auf einem Missverständnis: was er „Wahrheiten"
nennt, ist für Kant nicht einmal wissenschaftliche Hypothese,
sondern nur ein Trug, ein Traum der Vernunft; Kant frägt den
Leser nicht: wofür entscheidest du dich, sondern er behauptet
geradezu: wenn du ein wenig Vernunft hast, wirst du dich für
garnichts entscheiden, wirst du dich um derartige Fragen überhaupt nicht bekümmern.

Woher kommt denn dieses Missverständnis? Suphan leitet
es von der „Hochachtung ab, die dem Schüler auch proble-

---

[1] Königsberger politische Zeitungen, 1766. 18 Stück (SWS., I.,
Seite 68).

matische Behauptungen des Lehrers im Lichte von Beweisen
erscheinen lässt"; Haym (I, S. 48) sieht seine Ursache in der
„Anwendung seitens Herders derselben kritischen Behutsamkeit,
die er von Kant gelernt hatte". Aber wenn ich mich nicht irre,
liegt der Grund davon viel tiefer; es ist derselbe Grund, der
Herder für immer das Verständnis des Kantischen Systems ver-
schloss; es ist seine einheitliche, auf Synthese gerichtete Natur,
der die tiefe Verschiedenheit der Erkenntnis und der Wirklichkeit, der Erscheinung und des Dinges an sich, des Scheins und
des Seins, der ganze Kantische Dualismus zuwider war; es ist
sozusagen sein Objektivismus, welcher sich gegen den Kantischen
Subjektivismus immer sträubte. Herder hat die bahnbrechende
Bedeutung der „Träume" eher geahnt, als erkannt: „Die Schrift,"
sagt er, „enthält allgemeine Betrachtungen über die Metaphysik,
und das Schlusshauptstück des dritten Teils insonderheit enthält
einige grosse Züge zu einem Plane, den der Verfasser selbst am
besten ausführen und anwenden könnte." Herder meinte wohl
damit die Säuberung der Philosophie von dogmatischen Behauptungen, eine Reform der Methaphysik; dass aber Kant auch
eine Reform der ganzen Philosophie unternehmen wolle, dass er
nicht nur die Beweisbarkeit der Geisterlehre, sondern auch die
absolute Erkenntnis der Erfahrungswelt leugnen werde, das hat
Herder kaum vorher geahnt; denn hätte er es, er würde nicht
mit solcher Freude den Plan zu einem System verkündet haben,
dessen Bekämpfung für ihn so verhängnisvoll werden sollte. Dass
dieses erste Auftreten des Schülers gegen seinen Lehrer durchaus
nicht auf persönliche Umstände zurückzuführen ist, unterliegt
keinem Zweifel: die Beziehungen der beiden, so lange Herder
in Königsberg blieb, haben wir bereits kennen gelernt; als Herder
Ende 1764 nach Riga ging, blieben seine Beziehungen zu Kant
noch immer freundschaftlich; wir wissen aus Herders eigenem
Zeugnis, dass Kant „ihm seine Träume bogenweise zugeschickt
hat" („Aus Herders Nachlass", II, 24), wir wissen ferner, dass
die beiden noch lange mit einander Grüsse wechselten und dass
Herder sogar seine Jugendfreunde von Riga aus aufmunterte,
Kants Vorlesungen zu besuchen („Erinnerungen", II, 220). Endlich
haben wir auch einen Brief Herders an Kant vom Jahre 1767
(„Lebensbild", I, 2, 294) einen Brief voll Achtung und Ver-
ehrung, der dabei doch von der Selbständigkeit des Schülers

dem Lehrer gegenüber zeugt; Herder, heisst es da, „habe Zweifel
wider manche philosophische Bedenken und Beweise seines
liebsten, verehrtesten Kant."[1])

2. Herders dynamischer Standpunkt.

Mit der Herderschen Rezension der „Träume" beginnt eine
neue Periode in den Beziehungen der beiden Philosophen; bereits
äussert sich in ihr die Geistesverschiedenheit der zwei Denker,
welche später zu ihrem gänzlichen Bruch führen sollte. Bis dahin
aber, bis dieses erste kleine Missverständnis zu einer unüber-
brückbaren Kluft wird, vergehen fast 20 Jahre, innerhalb
welcher unsere Philosophen sich immer mehr von einander
entfernen, ja sogar entgegengesetzte Wege einschlagen. Auch
äusserlich löst sich ihr Verhältnis: Herder verliert seinen
Lehrer aus den Augen, er kommt unter neue Einflüsse, die
eines Nicolai und eines Hamann, und das Bild seines ersten
Lehrers erblasst allmählich in seiner Erinnerung. Mit der äusserlichen Entfremdung geht die innere Hand in Hand. Folgen wir
den beiden Philosophen auf ihren immer mehr auseinandergehen-
den Wegen, um sie dann bei ihrem ersten Zusammentreffen
einander gegenüberzustellen.

Als Jüngling kam Herder in das Auditorium Kants; seine
junge empfängliche Seele fasste mit Freude jedes neue Wort,
jeden neuen Gedanken auf, denn alles Neue zündete einen neuen
Funken in seiner erwachenden Seele; wäre Kant nicht, so hätte
er vielleicht einen anderen „Apoll" besungen. Als „ein werden-
der" war er immer dankbar. Und doch war er nicht für Alles
gleich empfänglich; in seiner zarten Seele waren schon klare,
scharfe Züge erkennbar: die Natur mit ihrem stillen, aber stetigen
Wirken war noch in der Kindheit der Lieblingsgegenstand seiner
Betrachtung; in der lebenden Natur vergass er sich selbst. Der
Knabe, der das Wirken und Weben der Natur im Kleinen mit
Liebe betrachtete,[2]) sollte später mit derselben Liebe ihr Wirken
auf dem ganzen Erdenrund, in der Geschichte der Völker, im
ganzen Universum verfolgen. Jetzt bewundert der Knabe die

---

[1]) Seit 1811 ist uns auch ein Brief von Kant an Herder vom Jahre
1767 bekannt: Altpreussische Monatsschrift 1891, Heft 3, 4. S. 194.
[2]) Siehe „Erinnerungen". I., S. 11 f.

kleine Blume, die sich so schön aus einer Knospe entfaltet; auf
dem Gipfel seines Denkens angelangt, wird er in der ganzen
Menschheit, in der ganzen Geschichte *eine* grosse Knospe be-
wundern, die sich zur höchsten Blüte entfalten soll, zur „Blüte
der Humanität". Das Gesetz dieses Wachstums wird er später
„innere Kräfte" nennen; die ganze, alle diese Kräfte in sich zusammenfassende Ordnung wird ihm als Allnatur, Allgott erscheinen, dessen Wille sich in der Erziehung der Menschheit
äussert. All die schönen, erhabenen Gedanken Herders sollen sich
so an denselben Kernbegriff anreihen, der auch die Seele des Knaben
erfüllt: es ist der Gedanke des lebendigen Wirkens und Webens
der Natur, des allmählichen Wachstums und Verwelkens, des
Entstehens und Vergehens — der *Gedanke des ewigen Werdens.*
Wie ein roter Faden zieht sich dieser Gedanke durch die ganze
litterarische Thätigkeit Herders, er umspannt alle seine einzelnen
Ansichten und Begriffe, er bedingt seine ganze *dynamische*
Weltanschauung. Es scheint dieser Hauptbegriff Herders in
seinem eigenen energischen, lebhaften, leidenschaftlichen Naturell,
in seiner empfänglichen und leicht beweglichen Seele, in seinem
heftigen, immer thätigen Gemüt begründet zu sein: bei einem
Mann wie Herder, der so sehr mit seinem ganzen Wesen am
wirklichen Leben hängt, der so sehr vom Gemüt beherrscht wird,
kann das Denken wohl Gesetze vom Gemüt empfangen. Und gerade
bei Herder scheint diese Abhängigkeit vom Gemüt zugleich die
Bedingung des Denkens, wie die Klippe zu sein, an dem es scheitert:
denn nichts fehlt dem Herderschen Gedanken des Werdens und der
Entwickelung so sehr als die eigene Entwickelung. Wissbegierig
beobachtet Herder die Natur in ihrem Wirken und Weben, jede
Erscheinung verfolgt er bis zu ihrem Vergehen, um dann auch das
letztere in ein Entstehen übergehen zu sehen; aber sein Gemüt
befriedigt dieses ewige Kommen und Gehen nicht: der Herbst mit
seiner verheerenden Wirkung auf die Natur erfüllt die Seele des
jungen Herder mit Wehmut, und schon als Knabe stellt er Vergleiche
zwischen den fallenden Blättern und sterbenden Menschen an:
„Ein Geschlecht von Blättern, das so wenig aufersteht als wir
Menschen, wenn wir abfallen! Für mich hat kein Bild und kein
Bild und kein Gleichnis von Jugend auf mehr Eindruck gemacht
als diess!"[1] Das Gemüt sucht etwas Bleibendes, Unvergängliches —

[1] Brief an seine Braut. Bückeburg, Okt. 1771; „Erinnerungen", I, S. 12.

es strebt nach einem fassbaren, erreichbaren Ideale. Warum? fragt die immer weitersuchende Wissbegierde, und wieder — Warum? sie rastet nie. Wozu? sagt das stille Gemüt — es will Ruhe, es will Halt haben. Und fängt der Mensch an, nach den Zwecken in der Natur zu suchen, so ist es aus mit seinem unvoreingenommenen Urteil über ihre Gesetze, ihre Ursachen.

So steht denn das Streben nach einem fassbaren Ideale bei Herder nahe an der wahrheitsgetreuen Erforschung des Wirklichen, und lässt die Erkenntnis nicht zur Wahrheit durchdringen. Der strenge naturwissenschaftliche Begriff des Werdens, verbunden mit dem ablebenden und morschen Substanzbegriff — da haben wir die Keime und die Schranken der Herderschen Entwickelungstheorie: bald mehr, bald weniger vom Gemüt abhängig, bald in Mysticismus verfallend, bald sich scheinbar zur völlig freien Forschung erhebend, bleibt Herder immer auf halbem Wege stehen. Zwischen der dogmatischen Philosophie des vorigen Jahrhunderts und der freien Forschung eines Darwin in einer bedenklichen Mitte stehend, will er die beiden entgegengesetzten Begriffe des Seins und des Werdens versöhnen und in eins verschmelzen; in Wahrheit aber bleiben sie bei ihm ebenso unvermittelt und entgegengesetzt, wie es ihre Natur mit sich bringt, — nur verweilt er bald bei dem einen, bald beim anderen und giebt sich so nur äusserlich den Schein der Konsequenz.

Herders erstes vollendetes philosophisches Werk war die Preisschrift „Ueber den Ursprung der Sprache" (1770). Offen und frei tritt darin Herder gegen die orthodoxe Süssmilchische Hypothese des göttlichen Ursprungs der Sprache auf: „Schon als Tier hat der Mensch Sprache" (V, S. 5); „die unmittelbaren Laute der Empfindung haben nicht bloss keinen übermenschlichen, sondern offenbar einen tierischen Ursprung — das Naturgesetz einer empfindenden Maschine" (S. 17). Zwar will Herder andererseits auch nicht diese unmittelbaren Laute der Empfindung mit Condillac für den *einzigen* Ursprung der Sprache erklären; die letztere ist für ihn vielmehr eben dasjenige Prärogativ des Menschen, welches ihn vom Tier unterscheidet, und dieser Unterschied zwischen dem Tier und dem Menschen steht für Herder fest: weder will er mit Condillac „die Tiere zu Menschen", noch mit Rousseau „die Menschen zu Tieren" machen (S. 21). „Das erste Merkmal der Besinnung (der menschlichen Vernunft-Reflexion) war das Wort der Seele. Mit ihm ist die menschliche Sprache erfunden" (S. 35). Aber wenn auch Herder dem französischen Materialismus in seinen letzten Konsequenzen nicht folgen wollte, so war schon der Bruch mit dem deutschen Dogmatismus für die damalige Zeit und besonders für einen Theologen ein grosser Schritt vorwärts. Aber kaum ist das Werk vollendet und im Druck erschienen, so gerät Herder in Verzweiflung, er klagt, dass „niemand von der Akademie sich über die fatale Schrift erbarmt habe," [1] und „möchte sie jetzt weg haben;" [2] er fürchte, heisst es in seinen Begriffen, „vielen Widerspruch, Fragen und Streitschriften". [3] Eher fürchtete er schon sein eigenes Ich, welches selbst vor den Konsequenzen seines Denkens erschrack. Und als Herder vollends von der Unzufriedenheit seines Freundes Hamann hörte, [4] wurde sein innerer Zwiespalt noch stärker und seine Wahrheitsliebe musste diesmal vor dem beleidigten Gemüt die Waffen strecken. Er sehe jetzt selbst ein, heisst es nun wieder, [5] „dass das ganze Ding nicht wahr ist, und wolle das beweisen für den Thoren, der Beweis brauche", und schon im nächsten Werke — „Aelteste Urkunde des Menschengeschlechts" — widerruft Herder seine Worte: „nur durch göttlichen Unterricht hat der Mensch den Gebrauch der Sprache und der Vernunft gelernt" (S. 299). Dieses letztere Werk aber fällt schon in eine neue Periode des Herderschen Denkens, ins Jahr 1775, mithin in seine Bückeburger Zeit. Die einsame Bückeburger Periode mit ihrem stillen Leben, die Annäherung an die fromme Gräfin Maria, der erneuerte Einfluss Hamanns und die gleichzeitige Entfremdung von Nicolai — alles scheint in diesen Jahren zusammenzuwirken, um Herders Gemüt ein völliges Uebergewicht über den trockenen Verstand zu geben. Herder sucht sein Ideal, er findet es in Gott, in *seinem* Gott, im Gott des Gemütes; dieser Allgott umfasst ihm jetzt die Seele, das ganze menschliche Leben, die ganze Natur mit ihren Gesetzen — es ist das Ewige,

---

[1] Brief an Nicolai. „Von und an Herder", I., 328.
[2] Brief an Caroline. „Aus Herders Nachlass", III., 178.
[3] Brief an Caroline, „Erinnerungen", I., 206.
[4] Hamanns Rezension in der Königsberger Zeitung, 1772, von Hartknoch Herdern zugeschickt.
[5] Siehe Haym, I., 499.

das Unvergängliche, es ist die höchste Vernunft.[1] Wohl ist es keine blosse philosophische Abstraktion, sondern vielmehr ein lebendiger, ein denkender und fühlender, ein gerechter Gott; es ist die Verkörperung des Höchsten, was nur in der menschlichen Seele sein kann, — aber eben darum ist es auch nur ein Ideal, welches das Gemüt fordert und aus sich selber schafft, mit dem freien, forschenden Denken kann und soll dieser Gott nichts gemein haben. Dieser Seelengott offenbart sich Herder ebenso in der Geschichte der Menschheit („Auch eine Philosophie der Geschichte", 1774), wie auch in der ältesten Urkunde — der heiligen Schrift („Die älteste Urkunde des Menschengeschlechts", 1774). Und je mehr sich Herder in die Betrachtung dieses Seelengottes vertieft, desto befriedigter wird sein Gemüt, aber sein Wissensdrang bleibt ungestillt. Eine Reaktion gegen diese mystische Stimmung musste mit innerer Notwendigkeit Platz greifen; Herders Streben zur Wahrheit musste diesmal die Schranken des Gemütes durchbrechen. Ein Zeichen dieses neuen Umschwungs könnte man schon in den „Ursachen des gesunkenen Geschmacks" erblicken, in welchen Herder, sich von dem absoluten Ideal abwendend, auf den individuellen, zeitlich bedingten Geschmack mit seinen natürlichen Ursachen hinweist.[2] In noch freieren Bahnen bewegt sich das Herdersche Denken in der Preisschrift „Erkennen und Empfinden"; hier gelangt sein dynamischer Standpunkt zum ersten Mal zum philosophischen Ausdruck. Vom Sinnesreiz bis zum abstrakten Denken,[3] von den dunkeln Empfindungen bis zu klaren deutlichen Ideen,[4] von der Physiologie bis zur Psychologie und Erkenntnislehre[5] verfolgt Herder das Werden seiner wirkenden, lebendigen Kräfte. Beim Menschen bleibt Herder stehen; der Mensch zeigt ihm die Brücke vom Individuellen zum Ideal, und so steht seine Humanitätslehre in der Mitte zwischen seiner Theologie und seiner Naturwissenschaft. Der Mensch in seinem Thun und Leiden, in seiner Entwickelung zur Humanität ist der Anker, an welchem das Denken

[1] „Aelteste Urkunde des Menschengeschlechts", S. 311; „Auch eine Philosophie", S. 484, 558, 565, 580 ff.
[2] SWS., Bd. V., S. 599, 613, 645, 648 ff.
[3] SWS., Bd. VIII, S. 190.
[4] Dasselbe, S. 179.
[5] Dasselbe, S. 180.

2

Herders sich zu befestigen sucht: menschliche Theologie, menschliche Kunst, menschliche Geschichte, ja sogar menschliche Philosophie — das sind die Hauptfragen, mit welchen sich Herder beschäftigt und welche in seinem geschichts-philosophischen Werk „Ideen" ihre Lösung finden.

3. Kants Entwickelung zum Kriticismus.

Das letztgenannte Werk Herders — „Die Ideen" — rief den grossen geschichtsphilosophischen Streit unserer beiden Philosophen hervor, und so treffen ihre bis jetzt getrennten Wege wieder zusammen. Inzwischen ist aber auch Kant ein anderer geworden, der entscheidende Umschwung zur kritischen Periode war in ihm bereits vollzogen. Das grosse kritische System entstand auf den Trümmern der beiden vorangegangenen Richtungen, der rationalistischen und der empirischen; im Grunde haben sich beide am Schluss bankerott erklärt: der Rationalismus musste selbst im Leibniz-Wolfischen Dogmatismus Concessionen machen und dem Empirismus blieb nichts übrig, als im Humeschen Skepticismus auf jede notwendige und allgemeine Erkenntnis zu verzichten. Beide Stadien der Entwickelung der Philosophie hatte Kant bereits durchgemacht, als er beim Hume'schen Skepticismus anlangte. Hat aber Hume eine Kluft zwischen Erfahrung und Vernunft, Wirklichkeit und Ideal gerissen, so war es die That Kants, diese Kluft zu überbrücken; dass sie überbrückt sein *soll*, sagte Kant sein moralisches Gefühl, welches für ihn etwas Feststehendes, Primäres war; dass sie es sein *kann* und wirklich *ist*, zeigte ihm die Mathematik mit ihren allgemein gültigen Formeln und die Naturwissenschaft mit ihren festen Gesetzen.

So löste Kant den bisherigen Widerspruch des Denkens und des Empfindens, indem er behauptete, in jeder unserer Erkenntnis seien die beiden Elemente gleich vertreten — das empfangende und das denkende Vermögen wirken immer zugleich. So strebt das Kantische System, welches scheinbar eine Kluft zwischen Subjekt und Objekt bedeutet, im Grunde nur danach, eine Kluft zwischen dem Denken und Empfangen aufzuheben und eine höhere, transcendentale Einheit herzustellen. Wenn Kant dabei auf eine völlige Erkenntnis dieser Einheit und ihres

Wesens verzichtet, so ist doch dieses, wenn auch nicht ganz fassbare Ideal seiner Theorie zugleich das Ideal der Wissenschaft schlechthin — nämlich diejenige Monade zu finden, welche der Materie, dem Geiste, wie den Vorstellungen von beiden zu Grunde läge. Wollten die beiden vorkritischen Richtungen der Philosophie das Welträtsel auf einmal, sei es durch den Begriff des Denkens, sei es durch den der Ausdehnung lösen, wollten sie den Schlüssel zu den Vorgängen der geistigen und der materiellen Welt zugleich fassen, so ging Kant über die beiden entgegengesetzten Hypothesen der bisherigen Philosophie hinaus, um die Möglichkeit ihrer Versöhnung in einer *transcendentalen,* unfassbaren Einheit zu finden: er verzichtete zwar auf das vollständige Erreichen seines Ideals, steckte es aber dafür auch höher, als es die vorkritischen Denker gethan hatten. So erscheint uns sein ganzes System als ein *Streben* nach der höchsten, wenn auch nur in der Idee erreichbaren Einheit; während eine jede der vorkritischen Richtungen uns eine verwirklichte, dafür aber beschränkte Einheit, ein realisierbares, aber zu diesem Behuf auch herabgesetztes Ideal zeigt. In demselben Verhältnis wie zur ganzen vorkritischen Philosophie steht Kant auch zu ihrem vielseitigsten Vertreter — Herder; daher auch das besondere Interesse, welches ihre Polemik für uns hat.

Wir sahen schon, wie beide Elemente, beide Richtungen des vorkritischen Denkens, von deren Widerspruch Kant ausging und mit deren endgültiger Scheidung und Begrenzung er begann, wie sie beide in Herders Philosophie, ja sogar in seiner ganzen Persönlichkeit eng verbunden waren; wir sahen, wie ihn sein Denken zum Empirismus, zur forschenden Erfahrungswissenschaft führt, während sein Gemüt sich im rationalistischen Idealismus Luft macht. Seine ganze Philosophie war daher nichts als ein Versuch, die beiden entgegengesetzten Richtungen zu versöhnen. Hat Kant, sich in freier, unerschrockener Gedankenforschung über beide Parteien erhebend, ihren Streit unparteisch geschlichtet, so empfand Herder diesen Streit in seiner eigenen Persönlichkeit zu tief, um ein unparteischer Richter sein zu können. Kant und Herder nahmen beide ihren Weg durch die breite Heerstrasse des seichten, durch den gesunden Menschenverstand gemilderten Dogmatismus; Herder wagt nicht diese Strasse zu verlassen, er scheut den steilen Weg des extremen Empirismus in der Form des Hume'schen Skepticismus; Kants unerschrockener Gedanke aber bebt vor keiner noch so gewagten Consequenz zurück. Wie ein geschickter Arzt oft ein starkes Mittel braucht, um nur die Krankheit zu erkennen und sie dann desto leichter heilen zu können, so folgt auch Kant gern der Philosophie in ihren abschreckendsten Consequenzen, in ihren ausgeprägtesten Einseitigkeiten, um an diesen ihre Wundstellen leichter herauszufinden; eben darum, weil Kant in allen diesen extremen Richtungen nicht aufgeht, sondern sie nur prüfend verfolgt, vermag er die Philosophie zugleich von ihren beiden Enden anzufassen, den Idealismus Rousseaus und den Skepticismus Humes zu gleicher Zeit zu würdigen. Nicht so mutig und unerschrocken ist Herder: je tiefer die Krankheit der vorkritischen Philosophie in seiner eigenen Persönlichkeit steckt, je enger sie mit seinem befangenen Gemüt verbunden ist, desto nachsichtiger zeigt er sich gegen diese Krankheit, desto zaghafter und milder ist er in seinen Mitteln.

In seinem Streben nach einer fassbaren Einheit der Welt und der Erkenntnis, der Wirklichkeit und des Ideals, stimmt Herder mit der ganzen vorkritischen Philosophie überein, aber dieses Streben macht sich bei ihm um so leidenschaftlicher geltend, als jene beiden entgegengesetzten Elemente in den zwei verschiedenen Seiten des Herderschen Naturells ihre Verkörperung fanden. Nicht nur als vorkritischer Philosoph steht daher Herder im Widerspruch zu Kant, sondern auch als ein Mensch, welcher in seinem eigenen Charakter die Keime zu demjenigen Zwiespalt birgt, welchen Kant aus der Philosophie zu schaffen gesucht hat. Und so ist denn der Satz, den wir früher auf die gesamte vorkritische Philosophie angewandt haben, in Bezug auf Herder doppelt wahr: er verhält sich zu Kant wie die fassbare, aber unvollkommene zu der, als blosse Idee hingestellten, aber vollkommeneren und höheren Einheit, wie die sich mit wenigem begnügende Wirklichkeit zum ewigen Streben nach dem Ideal, wie die bedingte Erfahrung zur ewig strebenden, nie rastenden Wissenschaft. Solange Kant, als Herders Lehrer, noch selbst in der Zeitphilosophie befangen war, solange er mit der ganzen Leibniz-Wolfischen Schule nach einer Vermittelung der philosophischen Gegensätze strebte, ging ihm Herder willig nach;

als er aber zum erstenmal den Vermittelungspunkt überschritt,
liess er Herder hinter sich zurück: mit den „Träumen" war das
Verständnis Kants für Herder verschlossen. Lassen wir auch
die Streitfrage nach dem Standpunkt Kants in dieser Schrift
bei Seite, so bleibt doch eins sicher: mit der vorkritischen Philosophie steht Kant nicht mehr auf gleichem Wege, und mit der
seichten Versöhnung der beiden vorkritischen Methoden, deren
jede eine vollständige Erkenntnis der Welt für sich beanspruchte,
hat er nichts mehr zu thun. „Die Gemeinschaft zwischen einem
Geist und einem Körper ist unbegreiflich" (S. 25), sagt Kant;
damit aber ist der empiristischen Erklärung der ganzen Welt
aus der Erfahrung, wie auch der rationalistischen Unterordnung
der Welt unter die Gesetze des Geistes jeder Weg abgeschnitten
— der entscheidende Schritt der endgültigen Scheidung der
beiden Erkenntnisquellen, der Sinnlichkeit und des Verstandes,
ist gethan. Weder genügt die naturwissenschaftliche Beweisführung a posteriori dem Verstande, noch entspricht die metaphysische Beweisführung a priori immer der Erfahrung (S. 93
bis 97), — wieder die entscheidende Trennung der beiden Methoden, die Sonderung des rationalistischen und des empirischen
Elements. Mit diesem einen entscheidenden Schritt bricht Kant
die Brücke zwischen ihm und der vorkritischen Philosophie ab.
Während Herder mit der ganzen vorkritischen Philosophie nach
dem letzten Wort des menschlichen Wissens frug, genügte es
Kant, der Forschung ein Ideal aufzustellen, eine Richtung zu
zeigen, ohne ihr von vorne herein ein Ziel, eine Grenze zu
stecken.

4. Der durch die „Ideen" veranlasste Streit.

Die kritische Erstlingsschrift Kants, „Die Kritik der reinen
Vernunft", erschien schon 1781, drei Jahre früher als die
„Ideen"; seit Anfang 1782 besass Herder die „Kritik"; aber nach
Hayms Ansicht hat er sie erst aus Hamanns „Metakritik über
den Purismum der reinen Vernunft" kennen gelernt.[1] Mag nun
diese Behauptung zutreffend sein oder nicht, für uns bleibt dies

---

[1] II, S. 244: die Thatsache, dass Herder Hamann zu dieser seiner
Metakritik aufgemuntert hat, scheint mir auf seine genauere Kenntnis
des Kantischen Werkes hinzuweisen.

gleichgültig, denn verstanden hatte Herder die „Kritik" gewiss
nicht; wenn man den „Erinnerungen" glauben darf, soll Herder
die „Kritik" schon 1783 „ungeniessbar und seiner Vorstellungsart
zuwider" gefunden haben.[1] Dass aber Herders Weltanschauung
von der „Kritik" gar nicht beeinflusst wurde, zeigt am besten
der erste Teil der „Ideen". Zu den beiden Korypheen der neueren
Philosophie, Spinoza und Leibniz, nimmt hier Herder eine aus-
gesprochene Stellung ein, er lernt von den Systemen beider, aber
den Begründer der neuesten Philosophie lässt er ohne jegliche
Berücksichtigung; er citiert zwar lobend seine „Theorie des
Himmels" (S. 14), aber was das eigentliche kritische System
Kants betrifft, so laufen ihm alle Voraussetzungen des Buches
schnurstracks entgegen: überall wo Kant eine unüberbrückbare
Kluft sieht, wo er seinen Dualismus aufstellt, findet Herder eine
grosse, allumfassende Einheit, unter welche der Geist ebensowohl
wie die Materie, die Vernunft wie die Sinnlichkeit, die Freiheit
wie die Causalität passen, eine grosse Einheit, die nur allmählige
Abstufungen, aber keinen jähen Sprung kennt (V. Buch, S. 167).
Ein personificierter Pantheismus, ein mit geistigen Elemenen
durchsetzter Materialismus — das war die Philosophie des eben
erschienenen Buches. Wie gross der Abstand zwischen ihr und
der Philosophie der reinen Vernunft ist, fällt schon beim ersten
Blick in die Augen; beide Systeme hatten keinen Platz neben
einander. Und wenn Herder das System seines Lehrers gar nicht
berücksichtigte, so war es anders mit dem letzteren. Dieser war
einer der ersten, welchen Hamann den Anfangsband der „Ideen"
zugeschickt hat;[2] er musste sich von dem neuen Werk, als von
einem Versuch der Geschichtsphilosophie, die Lösung einer der
wichtigsten Fragen seines eigenen Systems versprechen, der
Frage nämlich über das Verhältnis der Willensfreiheit zu der
Causalität der empirischen Welt. Aber nicht einmal die Wich-
tigkeit der Frage, deren Lösung Kant suchte, wurde von Herder
anerkannt; nicht nur machte dieser keinen ernsten Versuch, den
Widerspruch der Willensfreiheit und der mechanischen Causalität
aufzuheben, — er sah diesen Widerspruch gar nicht ein, er
betrachtete die Freiheit als ein Gesetz der causal bedingten

[1] „Erinnerungen", II, S. 221.
[2] Haym, II, S. 245.

Natur. Hat nun die Herder'sche Lösung der geschichtsphilosophischen Frage Kant nicht befriedigen können, so war es ganz
natürlich, wenn nun Kant sich fragte, ob nicht *sein* System eine
bessere Lösung dieser Frage geben könnte. Und als ob Kant
sich selbst darüber Rechenschaft geben, als ob er die Anwend-
barkeit seines Systems auf verschiedene Gebiete der Wissenschaft
prüfen wollte, liess er noch im November desselben Jahres in
der Berliner Monatschrift seine „Idee einer allgemeinen Geschichte
in weltbürgerlicher Absicht" erscheinen.

Auf diesen Aufsatz und auf die Aeusserung Hartknochs, —
Kant schreibe den Misserfolg seiner „Kritik" Herdern zu, — sich
berufend, wirft Pfleiderer Kant vor, es sei ungerecht von ihm
gewesen, mit diesem Aufsatz die „Ideen" bekämpfen zu wollen,
ohne ihren Schluss abzuwarten. Dieser Vorwurf scheint mir
nicht ganz begründet zu sein, denn einerseits verdienen die
„Erinnerungen", welche die Aeusserung Hartknochs bringen
(II, S. 221), wie wir schon gesehen haben, kein unbedingtes
Vertrauen; was andererseits den obigen Aufsatz betrifft, so
konnten die „Ideen" höchstens der letzte äussere Anlass zur
Abfassung desselben sein, da doch sein Hauptgedanke noch vor
den „Ideen" entstanden war: in der Vorbemerkung weist Kant
auf eine Notiz in der Gothaischen Gelehrtenzeitung vom 11. Fe-
bruar 1784 hin, als auf den Anlass zu seinem Aufsatz: „Eine
Lieblingsidee des Herrn Professor Kant ist, dass der Endzweck
des Menschengeschlechts die Erreichung der vollkommensten
Staatsverfassung sei . . . .": so stand der Grundgedanke der
Abhandlung Kants im Februar 1784 bereits fest, während er die
„Ideen" erst im Sommer dieses Jahres las.

Als ob Kant sich gegen die indirecte Bekämpfung seines
Systems im ersten Teil der Ideen verteidigen wollte, geht er in
seiner Abhandlung von derselben Grundanschauung aus, welcher
dort am meisten widersprochen wird, — von dem Conflict beider
Wesen im Menschen, des tierischen, aus der Natur entspringenden,
und des vernünftigen, der intelligiblen Freiheit entsprechenden;
gemäss dem ersten ist der Mensch ein egoistisches Tier, das
einer Zügelung seiner Triebe bedarf und im steten Antagonismus
mit Seinesgleichen begriffen ist; als ein Vernunftwesen aber
kann der Mensch einen Ausweg aus diesem Conflict finden,
indem er, die Besserung, die Erziehung und die Vervollkommnung

der die Vernunft und die Freiheit allein vertretenden Gattung
anstrebt und so, den Conflict selbst zur Ursache einer gesetz-
mässigen Ordnung machend, zum ewigen Frieden, zu einem
Weltbürgertum gelangt. Durfte auch diese indirecte Polemik
Kants von Herder nicht übelgenommen werden, so hatte der
letztere in einer andern Schrift Kants, der „Recension der Ideen",[1]
Grund genug, um mit seinem ehemaligen Lehrer unzufrieden zu
sein; wenn nämlich die Einwände, welche Kant gegen Herders
Geschichtsphilosophie erhebt, auch richtig sind, so können sie
alle nur von einem Standpunkt gemacht werden, den Herder
nicht verstehen konnte. Es ist, wie Metzler[2]) sich ausdrückt,
der Pantheismus Herders, der die Substantialität des menschlichen
Geistes ausschliesst, — was bei Kant am meisten Anstoss erregen
musste und von ihm bekämpft wurde. Lassen wir Kant selbst
reden, so ist der wichtigste Angriffspunkt der „Ideen" — „die
Idee und Endabsicht des Buches", welche Kant folgendermassen
ausdrückt: „es soll, mit Vermeidung aller metaphysischen Unter-
suchungen, die geistige Natur der menschlichen Seele, ihre
Beharrlichkeit und Fortschritte in der Vollkommenheit aus der
Analogie mit den Naturbildungen der Materie, vornehmlich in
ihrer Organisation bewiesen werden." Die Herder'sche Hypothese
der unsichtbaren Kräfte, welche eigentlich seinem ganzen System
zu Grunde liegt, nennt Kant einen „Kunstgriff, welcher das,
was wir nicht verstehen, durch etwas anderes erklären soll, was
wir noch weniger verstehen." Die ganze Theorie der organischen
Kräfte ist für Kant „eine Metaphysik, ja sogar sehr dogmatische,
so sehr sie auch Herder, weil es die Mode so will, von sich
ablehnt." Von seinem späteren kritischen Standpunkt aus nannte
Kant die ganze frühere Philosophie dogmatisch, aber er vergass
dabei, dass das von ihm zur dogmatischen Metaphysik gestempelte
System nichts anderes war, als eine weitere Entwickelung derselben Ideen, welche er selbst vor 20 Jahren dem Verfasser
eingeprägt hatte. Nichts würde vielleicht Herder so beleidigt
haben, wie dieser Vorwurf eines metaphysischen Dogmatismus;
am wenigsten erwartete er diesen Vorwurf von Kant, dessen
System er selbst mit Hamann für „pure Metaphysik" hielt. Dazu

---

[1]) Januarheft der Jenaer Zeitung, 1785.
[2]) „Herders Geschichtsphilosophie".

kam noch der ironische, vernichtende Ton der Recension; das ganze geschichtsphilosophische System Herders wird als blosses Werk der Einbildungskraft, des lebhaften Genies des Verfassers betrachtet, und als sein höchstes Verdienst wird der Mut gepriesen, mit welchem er die Bedenklichkeiten seines Standes überwunden hatte.

Dass Herder durch diese Recension gegen ihren Verfasser verstimmt und erbittert wurde, ist ja ganz begreiflich: um das Sachliche und Wahre der Recension einzusehen, müsste er aus einem dogmatischen zum kritischen Philosophen werden — ein Sprung, den zu machen er nicht im Stande war, und so erschien ihm diese Recension als blosse Ungerechtigkeit und böswilliger Angriff. [1]

Einen fast noch schlechteren Eindruck, als die Recension, scheint der geschichtsphilosophische Aufsatz Kants auf Herder gemacht zu haben: der Vernunftkritiker sagte dem Naturforscher, der Rigorist Kant — dem Gründer der Humanitätslehre wenig zu. „Ich wollte," schreibt er darüber an Jakobi,[2] „dass dich der Himmel begeisterte, über den selig-metaphysischen Sklavensinn ein Blatt zu schreiben. . . . Wenn das, was in der Recension und dem Aufsatz steht, nicht Schwärmerei ist, aber hundelnde, eiskalte Knechtsschwärmerei, so weiss ich kein Wort mehr."

Im zweiten Teil der Ideen[3] nimmt Herder den Menschen, als Naturwesen, in Schutz, und bekämpft den Kantischen Satz, dass der Mensch ein Tier sei, welches einen Herrn nötig habe (S. 383): er hebt die Bedeutung des Individuums im Gegensatz zur Kantischen Gattung hervor (S. 345) und will einerseits als Bestimmung des Menschen die Glückseligkeit (S. 338, 350), andererseits die Glückseligkeit als individuelles Gut betrachtet wissen (S. 333, 341). Herder bekämpft ferner Kants Meinung, dass das einzige Mittel des Fortschritts die Staat sei (S. 340); er weist auf den Einfluss der unvollkommenen menschlichen Sprache auf den Verstand hin, welcher deswegen weder der „reinen Anschauung", noch der „blossen Spekulation" — dieser „Undinge der metaphysischen Schwärmerei" — fähig sei (S. 360);

---

[1] Ueber die Stimmung Herders und seines Kreises und die Anti-recension von Reinhold — siehe Haym II., S. 248--251.

[2] 25. Februar 1785 — „Aus Herders Nachlass", II., S. 269.

[3] Erschienen August 1785.

endlich polemisiert er gegen den Selbstwahn, seine Vernunft
für frei von Erfahrung und von Tradition zu halten (S. 343),
und gegen den Metaphysiker, welcher die Philosophie der Geschichte konstruiert, indem er „einen Begriff der Seele festsetzt
und aus ihm entwickelt, was sich entwickeln lässt, wo und in
welchen Zuständen es sich auch finde" (S. 290).

Wenn auch alle diese Ausfälle gegen Kant Herder selbst
unbewusst geblieben sein sollten, wie Haym dies vermutet,[1]
so waren sie doch für Kant ein Grund mehr, den 2. Teil der
„Ideen" zu recensieren. Eine Verständigung auf dem speciell
geschichtsphilosophischen Boden war jetzt zwischen Kant und
Herder ebenso wenig möglich, wie früher auf dem rein philosophischen: von ganz entgegengesetzten Grundanschauungen
ausgehend, giengen sie auch in den Konsequenzen ihrer Systeme
immer mehr auseinander: dem abstracten Denker war die
Menschheit, dem Naturforscher der Mensch das Massgebende;
der Vernunftkritiker richtete sich nach der Gattung, der Philosoph des personificierten Pantheismus nach dem Individuum;
für Kant lag das Kriterium der Beurteilung eines Volkes oder
einer Zeit in der Wirkung, die sie ausübte, für Herder in ihrem
eigenen Zustand; der erstere sah den Zweck des Menschen in
der Thätigkeit, der letztere in der Glückseligkeit. Die Kluft
zwischen beiden vertiefte sich immer mehr, und beim besten
Willen konnten sie kein Verständnis für einander haben.

Wieder verteidigt Kant in seiner Recension[2] seine von
Herder angefochtenen geschichtsphilosophischen Ansichten: nicht
die Glückseligkeit, sondern die Thätigkeit ist die Bestimmung
des Menschen, nicht das Individuum, sondern die Gattung ist
das Kriterium des Fortschritts. Es ist wieder nur der Ton der
Recension — noch ironischer und vernichtender, als in der ersten
— den wir auf die Rechnung der persönlichen Verstimmung
stellen dürfen: Die Vorwürfe selbst sind so natürlich, dass man
sie, ohne die Recension gelesen zu haben, erraten könnte. Ich
glaube nicht, dass, wie Haym annimmt, bei ruhiger Behandlung

---

[1] II., 253. — „Herder hatte seine Empfindlichkeit nicht zügeln
können, und hätte doch nun so gern mit Kant Frieden gehabt": Haym
stützt sich dabei auf die Stelle in Herders Brief an Jakobi: „Eigentlich
habe ich keine Zeile gegen Kant geschrieben" · · 16. September 1785.

[2] Jenaer Zeitung, Januar 1785.

der Frage und ohne hinzugekommene Erbitterung, eine Einigung
der beiden Philosophen auf dem geschichtsphilosophischen Felde
möglich gewesen wäre: dazu scheinen mir ihre Grundansichten
zu verschieden und zu sehr in ihren Persönlichkeiten selbst begründet zu sein. Am schwersten wäre es wahrscheinlich für
Herder gewesen, seinem Gegner gerecht zu werden, denn dazu
hätte er seinen dogmatischen Standpunkt ganz verleugnen
müssen, was für ihn unmöglich gewesen wäre; eher könnte schon
Kant Herders Ansichten, wenn nicht billigen, so doch begreifen,
denn dazu brauchte er sich nur seinen eigenen vorkritischen
Standpunkt zu vergegenwärtigen.

Wenn auch Herder noch immer gegen Kant verstimmt
bleibt,[1] so wiederholt er seine Angriffe doch nicht mehr und
die geschichtsphilosophische Polemik wird von Herder auf-
gegeben.[2] Eine Fortführung der Polemik seitens Kant sieht
Haym in seinem Aufsatz „Mutmasslicher Anfang der Menschen-
geschichte" (1786), welcher sich gegen das X. Buch der „Ideen"
wendet. Aber auch seitens Herder war jetzt ein inneres Ein-
verständnis mit Kant unmöglich: zu tief fühlte er jetzt den
Abstand, der nun zwischen ihm und seinem ehemaligen Lehrer
lag. In seinem bald darauf (1787) erschienenen „Gott" kommt
dieser Widerspruch zum Ausdruck: bald spricht Herder gegen
„die menschliche Erkenntnis ohne und vor aller Erfahrung",
gegen „die sinnliche Anschauung ohne und vor aller sinnlicher
Empfindung eines Gegenstandes", gegen die eingepflanzten Formen der Denkkraft, die ihr von niemanden eingepflanzt wurden"
(S. 513), bald gegen die „Hyperkritik, welche ohne Existenz sein
und ohne Erfahrung wissen will" (S. 521), bald endlich gegen
die Undemonstrierbarkeit Gottes (S. 419, 516, 538); ebenfalls im
Widerspruch zum Kritizismus behauptet er, dass das wahre
Dasein mehr sei, als blosse „Erscheinungen im Raum und in der
Zeit" (S. 540). Aber im ganzen Werke in seiner ersten Ausgabe
ist der Name Kants nicht einmal genannt, und der ernste würdige
Ton dieser Aeusserungen scheint mir ein Beweis zu sein, dass
sie weniger boshafte Ausfälle gegen Kant selbst, als der Versuch

---

[1] Haym, II, S. 258.
[2] Ausser den von Haym angeführten versteckten Angriffen im
III. Teil der Ideen.

einer ernsten Widerlegung seines Systems sind, welches Herder
zu wichtig erschien, um von ihm ganz abzusehen.

In der zweiten Ausgabe vom Jahre 1800 sind manche
Stellen[1]) hinzugekommen, welche sich direct gegen Kant richten
und in einem ziemlich gehässigen Ton geschrieben sind; vor-
läufig aber sprach Herder nicht gegen Kant, sondern nur gegen
seine Lehre; er scheint sogar, wie wir gleich sehen werden,
auf dem Wege zu sein, sich mit seinem Gegner auszusöhnen.

5. Nochmalige Annäherung Herders an Kant.

Man kennt die Begeisterung, welche die französische Revolution in Kant hervorgerufen hat; ähnlich verhielt sich zu
ihr auch Herder. Im ersten ungedruckten Entwurfe zu den
„Humanitätsbriefen" giebt er dieser seiner Begeisterung einen
klaren Ausdruck: er preist den Geist seiner Zeit und kommt
bald darauf auf Kant zu reden.[2]) „Durch Kant," sagt er, „ist
ein neuer Reiz in die Gemüter gekommen, nicht nur das Alte
zu sichten, sondern auch, wohin insonderheit der Zweck der
Philosophie geht, die eigentlich menschlichen Wissenschaften —
Moral, Natur und Völkerrecht nach strengen Begriffen zu ordnen.
Sehr heilsam sind die Versuche; sie werden in *Thathandlungen*
greifen, und einst, so Gott will, selbst zu angenommenen Maximen
werden." In so hellem Licht erscheint Herder sein früherer
Gegner, da er ihn in Zusammenhang mit den ihm sympatischen
Zeiterscheinungen bringen kann; jetzt wie früher beurteilt er
ihn nur nach den einzelnen Wirkungen und Resultaten seines
Systems: die geschichts-philosophischen empörten Herder, die
socialen stimmten mit seinen eigenen Ansichten überein, sie
versöhnten ihn wieder mit Kant. Aber man denke nur nicht,
dass Herder jetzt seine frühere Meinung verleugnete, dass er mit
den Konsequenzen des Systems auch das System selbst annahm
und billigte; auch jetzt kann er das Geschichts-philosophische
nicht ganz umgehen; mit einem versteckten Hinweis auf Kants
geschichts-philosophischen Aufsatz (Brief 119), nimmt er die alte
Frage nach dem Krieg und Frieden wieder auf. Hat Kant im

---

[1]) Vorrede, S. 406; I., S. 419, Note 2; IV., S. 519, Note 1; V., S. 538,
Note 6.

[2]) Bd. XVIII, S. 327.

Krieg die Wirkung einer Naturgewalt gesehen, welche nur durch
eine andere ebenfalls unserem Erhaltungstrieb entsprungene
Naturgewalt im Schach gehalten werden kann; fand er daher
das einzige Mittel dieses Uebel aufzuheben in einer besseren
Staatsverfassung, so will Herder in dem Krieg bloss eine grosse
Verirrung der Menschheit sehen, welcher durch allgemein verbreitete „Billigkeit und Gerechtigkeit", durch Aufklärung des
einzelnen, wohl abzuhelfen sei (Bd. XVIII. S. 267). Dicht neben
dem Lob, welches Herder Kant spendet, spricht er gegen die
„arme neue Philosophie, die über reine Vernunftbegriffe ausser
aller Erfahrung, über Anschauungen vor aller Empfindung
spinnt", gegen „extramundane Freiheit", gegen den wieder auf-
tretenden Scholasticismus, gegen die „transcendentale Barbarei"
(S. 323), — mit einem Worte wir finden schon hier alle Angriffe
der Metakritik, nur in milderer gemässigter Form. Nicht das
System und seine Formen, sondern nur manche seiner heilsamen
praktischen Wirkungen und Kants eigenen forschenden Geist
preist Herder: „Kants Werke werden bleiben, ihr Geist, wenn
auch in andere Formen gegossen, wenn auch mit anderen Worten
umkleidet, wird wesentlich weiter wirken und leben."[1]) Nicht
aus Diplomatie, sondern aus innerer Ueberzeugung, nicht um
der Bewunderung einen Dämpfer aufzulegen,[2]) sondern im Gegenteil um sie in ihrer Reinheit zu bewahren, wälzt er die Schuld
an den bösen Wirkungen des Kriticismus von seinem Begründer
auf die Schüler und spricht gegen den intoleranten Despotismus
und gegen die schädlichen Ueberschätzungen und Missverständ-
nisse der Kantischen Lehre (S. 325). Wenn Herder ferner die
Kritik der Urteilskraft ein „ideenreiches Werk" nennt, so ist
auch das weder Schmeichelei, noch Verleugnung seiner inneren
Meinung, denn er will ja nur „im *einzelnen* dabei lernen, ehe
er untersucht, ob *systematisch* betrachtet auch *alles* haltbar
sein möchte, oder sich manches nicht auch anders sagen liesse".
Dass die ganze Stelle vom Herzen diktiert ist, dass in diesem
Augenblick Herder die Sache Kants wirklich mit der angefochtenen Philosophie nicht verwechselt hat, beweist am besten
die schon früher angeführte Stelle, in welcher Herder sich der

---

[1]) Bd. XVIII, S. 327.
[2]) Haym, II., S. 651.

Erinnerung an seine Jugendzeit und an den Unterricht seines
Lieblingslehrers hingiebt (Bd. XVII, S. 404, oder Bd. XVIII, S. 324);
über solche Gegenstände und mit solchem Gefühl spricht keine
Diplomatie und am wenigsten bei einem Gefühlsmenschen, wie
Herder einer war. Wenn überhaupt eine Einigung der beiden
Philosophen jemals möglich gewesen wäre, so war es jezt; wie
Herder es mit allen Philosophen gethan hat, so versucht er jetzt
sich auch Kant anzunähern; aber wie immer, vermag er auch
jetzt nicht seine eigene Weltanschauung zu verleugnen und
kann sich Kant nur dadurch annähern, dass er sein System den
eigenen Ansichten gemäss auslegt und interpretiert. Der Geist
der früheren Schriften Kants, heisst es, bürge dafür, dass seine
Philosophie nicht von der Erfahrung abziehe, sondern im Gegenteil auf sie hinweise; falsch sei die Meinung, dass man sich in
Kants Schriften hineinlesen solle, falsch sei es, von der Schwierigkeit des Verständnisses des in Wahrheit „hellen, lichten, sogar
oft wortreichen" Kant zu reden (Bd. XVIII, S. 325). „Nachdem
durch Kant," heisst es weiter, „der Schutt des angemassten
Wissens vom Herzen geräumt ward, konnte dasselbe für das
sittlich gute freischlagen; durch den inneren *Sinn* erfahren wir
die Forderung *recht zu thun*, in uns erkennen wir die *Freiheit*
nach dieser Forderung zu *handeln*; wir können denken — und
schliessen, dass wir moralischen Ursprungs sind; unsere Bestimmung
ist selbstverdiente *Glückseligkeit*"; — so verändert Herder die
Kantischen moralischen Postulate in einen theoretischen Beweis
und seine intelligible in eine empirische Freiheit, ebenso wie
seinen kategorischen Imperativ in eine Glückseligkeitslehre.
Wenn Herder ferner den Hauptinhalt der Kantischen Lehre
folgendermassen zusammenfasst: Vorbilder unserer Denkkraft
in und ausser sich, Zusammenhang der inneren und äusseren
Welt, Verhältnis der Vernunft und der Sprache, — so interpretiert
er in den Kantischen Transcendentalismus sein eigenes empirisches
System des „Einen in Vielen" hinein (Bd. XVIII, S. 327). Wenn
endlich Herder die absolute Originalität dem Kantischen System
abspricht, so ist es wieder ein Zeichen dafür, das ihm das wahre
Verständnis dieses Systems verschlossen war. Man wundert sich
über die Verbindung der Systeme Spinozas und Leibnizens in
„Gott"; ist aber diese Verschmelzung der Lehren Kants und
Herders in den „Humanitätsbriefen" nicht noch wunderbarer?

Den Grund, warum Herder jetzt Kant besser als je geniessen kann, spricht er selbst aus: „Kants Kritik der praktischen Vernunft und die darauf gebaute Moralphilosophie legt den Grund zu einem *Natur*- und *Völkerrecht!*" (Bd. XVIII. S. 329).

In manchen Stellen der später im Druck erschienenen „Humanitätsbriefe", so z. B. im Brief 33 (Bd. XVII, S. 158), finden wir eine directe Anlehnung an Kant: „Schaftesbury," heisst es hier, „hat, um seine Moral liebenswürdig zu machen, mit der menschlichen Natur zu sehr getändelt. Hier muss man zum alten Wort Gottes zurückgehen: „Du sollst, du sollst nicht!" Wenn andererseits in einigen Briefen ein Widerspruch gegen den Rigorismus der Kantischen Moral auftritt (Brief 51, S. 250), wenn Herder dem kategorischen Imperativ das uns innewohnende Princip des höchst Schönen, oder wie die Griechen sagten, das Ideal des moralischen Anstandes gegenüberstellt (Brief 73, S. 377), so dürfen wir nicht vergessen, dass dieser Rigorismus der Kantischen Moral auch Kants treuesten Anhänger — Schiller nicht immer befriedigt hat; war es bei Schiller das Gefühl des Dichters, sein ästhetischer Sinn, was sich gegen das abstrakte „Soll" empörte, so war es der Dichter, ebenso wie der Naturforscher Herder, dem die streng durchgeführte Unabhängigkeit der menschlichen Moral von der Natur zuwider war: „Eine Sinnlichkeit," sagt er im 73. Briefe (Bd. XVII, S. 376), „die dem Verstande entgegengesetzt wäre, sollten wir nicht kennen, so wenig uns ein Verstand ohne Sinnlichkeit und eine Moral völlig reiner Geister bekannt ist. Nach meiner Philosophie erweisen sich alle Naturkräfte in Organen; körperlose Geister sind mir unbekannt."

Diese wenigen Stellen, in welchen man auch einen Widerspruch gegen Kants Ansichten erblicken könnte, sind doch nicht direct gegen ihn selbst gerichtet, und es ist immer nicht Kant, sondern der Kantianismus, nicht der Meister, sondern die Schüler, gegen welche Herder polemisiert.

6. Die neu auftauchenden Feindseligkeiten.

Das leidliche Einvernehmen, welches sich zwischen Herder und Kant bis in die Mitte der neunziger Jahre eingestellt hatte, konnte nicht von Dauer sein; es war eine Stille, die vor dem Sturm eintritt. Schon in den 1798 erschienenen „Christlichen

Schriften" wird der Widerspruch gegen Kant immer lauter; mit
Eifer stellt sich Herder auf die Seite der Humanität, welche er
in der Lehre Kants vermisst, er spricht gegen den „Egoismus,
der sich selbst gebietet", gegen diese „leere Form der Gesetz-
gebung, die weder Macht noch Seligkeit, weder Geist noch
Leben hat" (Bd. XX, S. 181); er stellt dem übernatürlichen
Despotismus der Vernunft die greifbare und unumstössliche
Macht der Natur, der Triebe, des Lebens, der Organisation entgegen (S. 182 u. f.). Aber nun gesellen sich dazu neue Angriffs-
punkte; aus einem sich Verteidigenden wird Herder zum An-
greifenden. Fast die ganze fünfte Sammlung ist eine directe, wenn
auch immer noch nicht offene Polemik gegen Kants „Religion
innerhalb der Grenzen der blossen Vernunft" und sein „Radikales
Böse". Beide Werke befriedigten nicht den humanen Naturforscher
Herder; ihm war das Wesen der menschlichen Seele gut und
nicht böse (Bd. XX, S. 219); nicht die Moral der starren Pflicht,
sondern die des Herzens, die Liebe war seine Religion (Bd. XX,
S. 91, 141, 184, 185 ff.). Die religionsphilosophischen Ansichten ent-
fremdeten wieder die beiden Denker, wie ihre ähnlichen liberalen
Ansichten bei Anlass der französischen Revolution sie einander
näher gebracht hatten. Schon die ganze Kantische Auffassung
der Religion, als der blossen Folge eines Bedürfnisses unserer
Vernunft, als eines Postulates derselben, befriedigten den gemüt-
vollen Herder nicht (Bd. XX, S. 163); als etwas Absolutes,
wirklich Reales will er die Wahrheiten der Religion aufgefasst
wissen (Bd. XX, S. 162), und nicht als blosse Antinomien des
Verstandes, die ebensoviel *pro* wie *contra* sich haben.

Auch gegen das radikale Böse, gegen diese „philosophische
Diaboliade" zieht Herder, der Bewunderer der Natur, der humane
Optimist, los (Bd. XX, S. 218). Alle diese Einwände sind vom
Standpunkt Herders ebenso begreiflich, wie früher seine Einwände
auf dem geschichtsphilosophischen Felde; nur ist der Ton jetzt
polemischer und gehässiger. Bald ironisierend, bald angreifend,
stellt Herder das ganze System Kants im komischen Lichte dar,
indem er es durch falsche Ausdeutung ganz verunstaltet: so
giebt er das folgende Beispiel des kategorischen Imperativs:
„Du sollst essen, damit du allen vernünftigen Essern ein
Vorbild der befolgten Esspflicht ohne gehabte Esslust werdest"
(S. 182).

Fragen wir uns nach der Ursache dieser Wandlung in dem Verhältnis Herders und Kants, so finden wir die Antwort darauf in der Korrespondenz Herders; wiederholt beklagt er sich darin über die bösen Wirkungen des Kantischen Glaubens auf die studierende Jugend und vor allem auf die jungen Theologen.[1]) Die Begeisterung für die neue Lehre wurde immer grösser; aber „von wenigen verstanden und auch von diesen missverstanden", brachte sie keine guten Früchte; das Positive in dieser Lehre war den jungen Studierenden unzugänglich, und das Negative hatte das einzige Resultat, dass es vom Studium anderer Philosophen abwandte. Als Lehrer und Geistlicher hat Herder Gelegenheit gehabt, diese negativen Resultate des Kantischen Systems kennen zu lernen. In ihm redete jetzt der Groll des Lehrers, dessen Schüler unwissender geworden sind, und diesen Groll hat er auch direkt in den „Christlichen Schriften" ausgesprochen: „Religionsphilosophen, Lehrer und Führer werden auf Universitäten gebildet ... ausrotten muss man daher den Wahn der jungen Spekulanten, als ob es vor ihnen weder Philosophie, noch Religion gegeben habe und sie sich solche erst ausklügeln und einen Gott ausphantasieren müssten! ..." (Bd. XX, S. 249.) Entsprechend diesem Ziel Herders, dem schädlichen Einfluss der Kantischen Lehre entgegenzuwirken, wenden sich auch die Vorreden der beiden polemischen Werke Herders an „uneingenommene Jünglinge". Auf dasselbe Ziel läuft auch das zur selben Zeit von Herder abgefasste „Gutachten über Errichtung einer Selecta am Gymnasium" hinaus — einer oberen Klasse, in welcher die Philosophie durchgenommen werden sollte, um so die Studenten von dem schädlichen Einfluss der philosophischen Studien auf der Universität zu schützen.

Aber noch immer wendet sich Herder nicht direkt gegen Kant und noch immer erwähnt er nicht seinen Namen; um Herder zu einer direkten Polemik zu bewegen, bedurfte es eines neuen treibenden Motivs, und ein solches sieht Haym (Bd. II, S. 661)[2]) in der vom Kantianer Stäudlin verfassten Recension seiner „Christlichen Schriften". Man darf Herder wohl glauben, dass er die Bekämpfung des Kantianismus jetzt als seine heilige

---

[1]) Siehe auch „Erinnerungen", II., S. 226.
[2]) Siehe auch Suphan, Bd. XXI, S. XI.

Pflicht betrachtete; die Kantische Philosophie konnte ihm um
so leichter als blosse Wortgrübelei erscheinen, je weniger er
ihren tieferen Sinn verstehen konnte; nichts veranlasst uns
daher, die Aufrichtigkeit der Schlussworte der Vorrede zur
„Metakritik" anzuzweifeln: „Dem Verfasser, heisst es da, war
seine Schrift eine Pflicht, und er wird in ihr fortfahren. Gerüstet
gegen Pfeile und Bolzen, die ihn treffen mögen, manchem an-
genehmen Geschäft des Lebens freiwillig entsagend . . ." Man
kann den Gedanken nicht unterdrücken: die Rolle eines Märtyrers
der Pflicht schmeichelte Herder. Schon im Juli 1798 machte er
sich an die Arbeit, und im April 1799 war die „Metakritik"
fertig.

Kaum ein philosophisches System bedarf eines so eingehen-
den Studiums, wie dasjenige Kants; revolutionär, wie es war,
konnte es nur von dem recht verstanden werden, der sich zunächst den Sinn seiner Reform klar gemacht hatte und nun von
dem dadurch gewonnenen Standpunkt das ganze grosse Gebäude
in seinen Einzelnheiten betrachtete. Nicht so war es mit Herder.
Noch ehe er das System selbst recht kannte, stiess er mit seinen
bösen Wirkungen zusammen; mit einem Vorurteil trat er daher
an das Werk heran, mit der voreingenommenen Absicht, es zu
bekämpfen, zu widerlegen; vom Lernen, von vorurteilsloser
Benutzung und Auslegung der Gedanken war jetzt nicht die
Rede. Sein eigenes System war schon längst fertig; wir haben
gesehen, wie wenig es sich mit dem Kriticismus vertragen konnte.

Wollte nun Herder dem letzteren gerecht werden, so hätte er
es zunächst ganz objektiv betrachten, seinen eigenen Standpunkt
für den Augenblick verlassen müssen, und das war für ihn eine
absolute Unmöglichkeit. Herder bleibt so bei seinem alten Standpunkt, widerspricht von demselben aus Kant und stellt gleich
darauf sein eigenes System auf; dem negativen Teil folgt unmittelbar der positive; nur haben diese beiden leider nichts als
die äussere Form gemein; das Positive steht mit den widerlegten
Partien aus der Kantischen Lehre in keinem Zusammenhang
und hat mit ihnen nur äusserliche Anknüpfungspunkte. Auch
die Sprache Kants will Herder nicht anerkennen; bald gebraucht
er Kants Ausdrücke im älteren, gewöhnlichen Sinne (a priori,
synthetisch etc.), bald setzt er an ihre Stelle seine eigenen Ausdrücke (Innewerden, Organik, Denkbilder des menschlichen

Verstandes etc.) und widerspricht dann den dadurch verunstalteten Ausführungen Kants; eine jede Widerlegung beruht so auf einem Missverständnis. Was uns am meisten an der „Metakritik" abstösst, ist ihr bitter polemischer, ungerechter, gehässiger Ton, der bald in feuilletonistisches Gezänk, bald in cynische Witzelei ausartet. „Von einem Buche, sagt Herder in der Vorrede (S. 8), ist die Rede, von keinem Verfasser." Wohl mag das Herders gut gemeinte Absicht gewesen sein; aber nicht lange bleibt er ihr treu, seine Ausfälle gegen das System werden immer gehässiger und treffen immer mehr auch seinen Gründer.[1]) Der boshaften Allegorie in der Vorrede, — die kritische Philosophie als Unholdin Hägsa dem gesunden Menschenverstand Hugo entgegentretend — entspricht vollkommen auch die Allegorie am Schlusse des Buches — die kritische Philosophie als Spinnengewebe in dem Bienenkorb.

Mit einem Worte, das ganze Buch, von Anfang bis zum Ende, ist, als Kritik, dem Inhalte wie der Form nach, ganz verfehlt. Aber giebt es denn nichts, was Herder in unseren Augen verteidigen, was uns eine verzeihliche Ursache seiner ungerechten Polemik zeigen könnte? Sehen wir nur einen Augenblick von der äusseren Form der „Metakritik", von ihrem gehässigen Tone ab; auch abgesehen davon, dass manche ihrer Vorwürfe auch von anderer Seite mehrmals gegen Kant erhoben wurden, auch abgesehen davon, dass der positive Teil der „Metakritik" an sich viel Wahres und Schönes enthält — kann auch der negative Teil in Herders Geiste seine Erklärung finden. Diesem einheitlichen, synthetischen Geiste war der Kantische schroffe Dualismus von Welt und Erkenntnis, Sein und Denken, Sinnlichkeit und Vernunft, Materie und Geist unzugänglich; Herders Erkenntnislehre war im scharfen Gegensatz zu Kant eine Sinneslehre, seine Logik eine Seinslehre, seine Ethik eine Glückseligkeitslehre. In der transcendentalen Aesthetik fragt Kant nach dem Ursprung, der Gültigkeit der Erfahrung; aber dem Schüler Bacons und Lockes, Herder, ist diese Gültigkeit eine ausgemachte Sache, er versteht gar nicht den Sinn der Kantischen Frage und behandelt seine *transcendentale* Aesthetik vom Standpunkt der Erfahrung selbst; so verwandeln sich bei ihm die Anschauungs-

---

[1]) S. 338. Note: Kant, als „seiner Majestät getreuester Unterthan".

formen in „Erfahrungsbegriffe" (S. 48), die Anschauung selbst in ein „Innewerden des Daseienden" (S. 43), die Erscheinung in „sinnliche Gegenstände" (S. 45), das abstrakte apriori in ein „energisches apriori" (S. 67), die ganze transcendentale Aesthetik endlich in eine „Organik" (S. 67), oder in eine „Gefühlslehre" (S. 45). In der transcendentalen Analytik sucht ferner Kant die Möglichkeit der Gesetze in der Natur zu beweisen; aber auch diese Möglichkeit ist vom empirischen Standpunkt Herders selbstverständlich; denn die Vernunft, als Teil des grossen Alls, muss auch diese Gesetze dieses Alls anerkennen, sich aneignen (S. 86, 207). Die Kategorien sind für Herder nur von der Erfahrung abgeleitete Verstandesbegriffe (S. 82), dem Schematismus der Vernunft entspricht in seiner Lehre die, Sinnlichkeit und Vernunft verbindende, Sprache (S. 119), der Kantischen Spontaneität des Verstandes das Anerkennen des Gleichartigen durch unseren inneren Sinn (S. 88), der Kantischen formalen Logik seine inhaltsvolle (S. 82) Logik. Noch weniger versteht Herder den Sinn der transcendentalen Dialektik; die Vernunft ist für ihn nur der höhere, zusammenfassende, an die Erfahrung anknüpfende Verstand (S. 207), und die Kantische, von Erfahrung und Sinnlichkeit unabhängige, *reine* Vernunft, geradezu ein Unsinn (S. 18). Der Transcendentalismus der Vernunftideen Seele, Welt, Gott widerspricht seiner Anschauung von diesen höchsten, von der Erfahrung abgeleiteten Begriffen, die eine wirkliche Realität haben (S. 209, 210, 212, 235); daher bleiben auch die Kantische rationale Psychologie, Theologie und Kosmologie für ihn unverständlich, denn in seinem System haben alle diese Zweige der Metaphysik eine empirische Basis in der Wirklichkeit; er, der gemütvolle, humane Deist will nichts von einem Gott wissen, den er sich selbst ausklügeln soll (S. 235), nichts von einer Moral, die despotisch gebietet und doch einer Gottheit bedarf (S. 289). Und konnte es anders sein, konnte denn wirklich „dieser zweckhafte Glaube, bei welchem ich zwar nicht weiss, weshalb, aber wozu und wofür ich glaube," jemals Herder befriedigen, dessen Religion und Ethik mehr in seinem vielseitigen Gemüth, als in seinem Verstand begründet waren? Und wenn Kant die Ideen von Seele, Freiheit und Gott aus der Kritik der reinen Vernunft verweist und sie nur als Postulate der praktischen Vernunft anerkennt, so sträubt sich Herders einheitliche Natur

gegen die „Scheidung der zwei Vernünfte, von denen eine das
wieder aufnimmt, was die andere zermalmt hat" (S. 235, 289,
315). Weil Herder eine Einigung des Denkens und des Handelns
in seiner praktischen Thätigkeit, als Prediger, nicht erreichen
konnte, verlor er seine Gemütsruhe; und am Streben, die ver-
lorene Einigung in der Philosophie seines Zeitalters wieder herzustellen, scheiterte seine philosophische Ruhe.

Diese Gegenüberstellung der beiden Teile der „Metakritik",
des positiven und des negativen, steigert zwar nicht den Wert
des letzteren, aber sie erklärt uns seinen Ursprung; mit dem
besten Willen, ohne jede Voreingenommenheit, hätte Herder
Kant doch nicht verstehen, höchstens hätte er ihn auslegen,
nach seiner Weise interpretieren können, wie er es z. B. in den
„Humanitätsbriefen" gethan hat; und noch bleibt es zweifelhaft,
ob dieser Vermittelungsversuch bei systematischer Beurteilung
des kritischen Systems doch nicht an seiner Härte gescheitert
wäre. Die Folge persönlicher Umstände war nicht, dass Herder
Kant missverstanden hat, sondern nur, dass er dieses Missverständnis zu einer direkten Polemik brachte, und zwar zu einer
ungerechten, bitteren Polemik; und auch diese persönlichen
Umstände waren eher die schädlichen Wirkungen des Kantianismus auf die studierende Jugend,[1] als die Erinnerung an die
ungerechte Recension der „Ideen" von Kant. Diese Erinnerung
und der dabei wieder erwachte alte Groll mögen wohl auch
mitgewirkt und vielleicht, für Herder selbst unbewusst die Form
seiner Polemik beeinflusst haben; eine grössere, entscheidende
Wirkung aber dieser Recension zuzuschreiben verbieten uns die
zwei Urteile Herders über Kant, das ungünstige, über die
„Träume", 18 Jahre vor der Recension, und das günstige, in
den „Humanitätsbriefen", 10 Jahre nach ihr.

Trotz der vielen Gegenschriften seitens der Kantianer[2]
giebt Herder seine Polemik nicht auf. Schon in der Vorrede
zur „Metakritik" (S. 8) spricht er von einer „Metakritik zur
Kritik der Urteilskraft", im Herbst 1799 fing er an an dem Werk
zu arbeiten, und Frühling 1800 war es fertig und erschien unter
dem Namen „Kalligone".

[1] Siehe Suphan, Bd. XX, S. XI; Haym, Bd. II, S. 656.
[2] Rink, „Mancherlei zur Geschichte der metakritischen Invasion";
dann die Schriften von Kiesewetter, Krug, Rätze, Cramer etc.

Als Kritik ist das Buch nicht weniger verfehlt als die
„Metakritik". Durch alle Gegenschriften nur gereizt, ist jetzt
Herder noch ungerechter als früher; noch absprechender verhält
er sich gegen alle Aeusserungen des kritischen Philosophen,
noch gehässiger ist sein Ton, noch boshafter seine Ausfälle
gegen Kant selbst. Wie einer, der seiner Sache vollständig
sicher ist, betrachtet er die ganze „Kritik der Urteilskraft" von
oben herab und belehrt dabei Kant mit solchem Bewusstsein
seiner Ueberlegenheit, mit solcher Selbstüberschätzung und kind-
licher Naivität, dass das unangenehm Abstossende seiner Polemik
einfach zum Lächerlichen wird. Und andererseits wird es für
uns jetzt noch augenscheinlicher, als bei der „Metahritik", dass
Herder nur darum gegen Kant ungerecht war, weil er ihn nicht
zu verstehen vermochte, weil sein Naturell dem Kantischen zu
sehr entgegengesetzt war, als dass er sich mit ihm hätte einigen
können. Der Kantische Subjektivismus, der die Gesetze des
Schönen in uns und nicht in die Natur der Dinge selbst verlegt,
war für den Empiristen Herder ebenso unverständlich, wie der
Kantische Rationalismus, der die Gesetze der Natur nur als
Denknotwendigkeiten, nicht als Seinsnotwendigkeiten anerkannte.
Dem Kantischen Begriff des subjektiv Schönen stellt daher
Herder sein „an sich Schönes", seine „Naturschönheit" entgegen
(S. 47, 51, 70, 77 etc.); wie früher das „apriori" der Erkenntnis,
so versteht er jetzt das apriori des Geschmackes nicht; das
formal Schöne, oder wie Kant sich ausdrückt, das „reine Schöne",
ist für Herder ebenso metaphysisch leer, wie früher die „reine
Vernunft" (S. 109, 110 etc.); das interesselose Wohlgefallen,
welches Kant für sein absolut Schönes in Anspruch nimmt,
scheint Herder wieder von seinem historischen und naturwissenschaftlichen Standpunkt unmöglich, denn für ihn ist jedes Wohlgefallen mit der Sinnlichkeit der menschlichen Natur, folglich
mit Interesse verbunden (S. 27, 34, 48 etc.). Dem Kantischen
Begriff des Schönen mengt sich bei Herder der Begriff des An-
genehmen, des Vollkommenen und Zweckmässigen, dem Begriff
der Kunst der des Nützlichen bei (S. 27, 30, 49, 76, 130, 142)
Mit einem Worte, der Kantischen Lehre vom absoluten Schönen
stellt sich das an den Zeitgeschmack gebundene, individuell
bedingte Schöne (S. 207) gegenüber.

Es ist wiederum der Geist der Synthese, der genetischen
Betrachtung der Dinge, welcher sich dem Geiste der den Dingen
auf den Grund gehenden, zum absolut Wahren strebenden Analyse gegenüberstellt; es ist derselbe Grundunterschied der Weltanschauungen beider Denker, welcher auch auf dem ästhetischen
Gebiete eine Einigung für sie unmöglich machte. Aber auch in
der Aesthetik, wie in der Erkenntnistheorie, würde dieser Widerspruch sich vielleicht nicht kund gethan haben, wenn auch hier
nicht wieder treibende Motive hinzugekommen wären; und diese
Motive waren wiederum die Wirkungen des Kantianismus in der
Aesthetik; mit Recht, scheint mir, bringt Haym (Bd. II, S. 699)
die klassische, formenfrohe Litteraturepoche mit der Lehre des
„reinen Schönen“ in Zusammenhang: „Herder, sagt er, lagerte
in der Misshandlung des Kantischen Buches allen den Verdruss
ab, welchen ihm die Grundsätze und die dichterische Praxis der
Xeniendichter, der Bund Goethes mit dem kantisierenden Aesthe-
tiker Schiller und die Zuwendung des öffentlichen Urteils und
der Journalistik zu den Werken dieser beiden verursachte.“
Nicht nur gegen Kant, sondern auch gegen die Weimarische
Schule, gegen die neueste Dichtung richtet sich die „Kalligone“
(S. 102, 192). Auch die Kalligone fand keine gute Aufnahme;
zwar schwiegen im allgemeinen die Angegriffenen, aber dieses
Schweigen drückte vielleicht Herder mehr als die früheren Gegen-
schriften.

Hatte Herder früher eine dritte antikantische Schrift über
die schädliche Einwirkung der kritischen Philosophie auf die
Moralität und die innere Glückseligkeit des Menschen [1] geplant,
so liess er jetzt — vielleicht infolge des Misserfolges der beiden
ersten polemischen Werke — diesen Plan fallen.

Noch einmal vernehmen wir Herders Urteil über Kant und
zwar über das gleiche Werk, welches auch seine erste Recension
hervergerufen hat, über „Die Träume eines Geistersehers“. Bei
seiner ersten Beurteilung dieser Schrift, im Jahre 1767, hat
Herder Kant den Vorwurf gemacht, „er bringe Hypothesen dar“
(s. oben S. 11), jetzt, nach fast 35 Jahren, wiederholt Herder in
der „Adrastea“ denselben Vorwurf, wendet aber dabei die Waffen,

[1] Erinnerungen, II., S. 226; nach den „Erinnerungen“ hat Falk
Herder beredet, die Polemik aufzugeben.

welche Kant gegen die dogmatische Philosophie gebraucht hat,
gegen ihn selbst um: „Warnend ist für die Metaphysik dieses
Beispiel; denn treibt unser neuerer Idealismus (Kriticismus)
nicht auch dergleichen, sogar auch blosse Buchstabenspiele?
Hat das verwichene Jahrhundert nicht eine Reihe Geisterseher
hervorgebracht, die Swedenborg bei weitem nicht an die Seite
zu setzen wären?" Das erste Urteil gegen Kant sprach Herder
bei Gelegenheit eines Werkes aus, in welchem er den Plan eines
Systems zu erblicken glaubte; gegen dasselbe System und bei
derselben Gelegenheit ist auch sein letztes litterarisch ausge-
sprochenes Urteil gerichtet, gegen das System selbst, nicht gegen
seinen Begründer. Und als ob dieses letztere Urteil nur darauf
hinzielte, uns mit der Polemik Herders zu versöhnen, von ihr
jeden Verdacht eines persönlichen Streites abzuweisen, schliesst
sie mit folgenden Worten: „Ernst und bedeutend winkt uns
Adrastea durch Swedenborg zu, auch *fromme* Gedanken, auch
die reinen Ideen des *Wahren* und *Schönen* nicht über Mass und
Ziel zu führen, als ob sie die Wahrheit selbst wären; bei der
redlichsten Gesinnung wird durch sie der Selbstbetrogene ein
Wahnsinniger, ein Verführer." — Klarer kann es nicht gesagt
werden; die Verführten will Herder auf den richtigen Weg führen,
der Verführer selbst ist für ihn nur ein *Selbstbetrogener*.

7. Motive, Charakter und positiver Inhalt der Polemik.

Ueberblicken wir zum Schluss die ganze Polemik Herders
gegen Kant, von der Recension der „Träume" an bis zum letzten
Ausspruch in der „Adrastea", so finden wir überall als ihre
Ursache ein wirkliches Missverständnis, und als Grund des letzteren
die innere Geistesverschiedenheit der beiden Denker einerseits
und den Abstand Kants von Herder, als von einem vorkritischen
Philosophen, andererseits. Mit diesem Missverständnis steht Herder
nicht vereinzelt da; Kant selbst behauptete, ihn habe niemand —
ausser etwa Maimon — richtig verstanden. Und dieses war ja in der
Natur der Sache begründet; um das Positive des Kantischen Systems
erfassen, um die vielseitige Bedeutung seiner reformatorischen Lehre
überblicken zu können, hätten die vorkritischen Philosophen sich
auf ihre eigenen Schultern stellen, den Weg, den sie bisher
gegangen waren, auf einmal verlassen und alle Ansichten, in

welchen sie geschult waren, ablegen müssen; dazu aber bedurfte
es einer Energie der Gedanken, die weder dem alternden Herder,
noch einem Hamann, Garve oder Schultze und wie die Kritiker
Kants sonst hiessen, eigen war. Nicht umsonst fand Kant seine
begeistertsten Anhänger im Kreis der akademischen Jugend; es
ist immer die jüngere und nicht die alternde Generation, welche
sich für neue Ideen empfänglich zeigt. Und so war es auch vornehmlich die Jugend, die sich um die Fahne des Kriticismus
scharte, während die ältere, absterbende Generation sich gegen
das ungewohnte Neue ablehnend verhielt und, am Alten haftend,
ihren eigenen philosophischen Besitz zu verteidigen suchte. In
der Mitte dieser vorkritischen Geister steht auch Herder, der
seinen Gedankenbesitz schon darum mit doppelter Energie ver-
teidigte, weil er ihn selbst errungen hatte. Er sah selbst das
Unzureichende der bisherigen Philosophie ein, er fühlte tief in
sich selbst den Widerspruch, an welchem diese Philosophie krankte,
und suchte sein ganzes Leben lang diesen Widerspruch zu lösen
oder doch zu mildern; der Gedanke des ewigen Werdens, der
wirkenden Kräfte sollte für ihn diesen Widerspruch des Geistes
und der Materie, der Erkenntnis und der Welt aufheben. Aber
nun sieht er die Arbeit, der er sein ganzes Leben gewidmet hat,
durch die neue Philosophie zu nichte gemacht. Man will von seinem
Ausweg aus dem philosophischen Dilemma nichts wissen, man
braucht ihn ja nicht mehr, seitdem eine transcendentale Einheit
den alten Widerspruch aufgehoben hat. Herders grösste Abnei-
gung war die Schulmetaphysik, und nun sieht er sich mit allen
Metaphysikern unter dem gemeinsamen Namen „dogmatischer“
Philosophen auf einen Haufen geworfen.

Mit dem herannahenden Alter erlahmte die innere Lebens-
kraft Herders, sein Gemüt sehnte sich immer mehr nach Ruhe,
nach einem fassbaren Ideal, immer grösser wurde das Bedürfnis, das
bereits Errungene zu geniessen; das Neue fasste er nicht mehr frei
auf, sondern musterte es an dem aus dem Kampf des Gedankenlebens
Geretteten; seine Gedanken vermochten nicht den neuen Strö-
mungen zu folgen, und unmutig wandte er sich von allem Neuen ab.
Mit Missmut sah Herder, wie andere in ihrer Gedankenarbeit vorwärts kamen, während er seine Kräfte umsonst verbraucht hatte
und sein Denken zerfloss, ohne sich zu vertiefen und sich
in direkter Richtung zu entwickeln. Er sieht andere um sich

herum — einen Kant, einen Schiller, einen Goethe — die im
Vollbesitz des Errungenen dastehen, er aber, der so tief empfand.
der so leidenschaftlich nach dem Ideal strebte, er steht unbe-
friedigt da, in innerem Zwiespalt mit sich selbst, viele Fragen
ungelöst, und die gelösten von den Zeitgenossen nicht anerkannt.
von der neuen Generation vergessen und verpönt: wer wird da
dem vereinsamten alternden Greis seinen Unwillen gegen die
neuen Errungenschaften der Wissenschaft und der Kunst streng
anrechnen?

Und nun suche man Herder im Kreise seiner Familie auf,
unter seinen Kindern, für deren Erziehung er keine Mittel hat
und von denen der geliebteste und begabteste Sohn August sich
vom Vater abwendet und in das feindliche Lager übergeht:
Herder selbst von einem schweren Leiden heimgesucht, unter
dem Druck schwerer Consistorialthätigkeit, die ihm keine Freude
macht, physisch und moralisch gebrochen, die Ideale seiner Jugend
mit alternder Stimme verteidigend, in krankhafter Furcht, dass
nicht etwas von dem alten gewonnenen Gedankenbesitz im Kampf
gegen das Neue verloren gehe; est ist etwas Pathologisches in
der Thätigkeit und dem ganzen Fühlen und Denken Herders in
seinen letzten Jahren. Wer kann an diesem Zeitabschnitt in
seinem Leben vorübergehen, ohne Mitleid mit dem armen Greis
zu haben; wer versteht nicht seine „Trauer über die Zeit, über
Weimar, über sich, über alles" (J. Pauls Brief an Jacobi, „Briefwechsel" S. 70). Wenn er jetzt sich oft zum Hass erniedrigt,
so hat er dafür früher auch zu lieben verstanden; Hass und
Liebe waren in seiner Weltanschauung die beiden Pole der
Weltaxe; Hass und Liebe waren auch die beiden Grundtriebe
seiner tief empfindenden Natur.

Es ist nicht zu läugnen, dass Herders Polemik gegen Kant
viel Ungereimtes enthält: aber andererseits muss man auch zugeben, dass er in manchen seiner Einwände vieles zuerst ausgesprochen hat, was später von kompetenteren Kritikern gegen
Kant geltend gemacht wurde. Das erste, was Herder gegen eine
Kritik der reinen Vernunft eingewendet hat, ist, dass dabei die
Vernunft zugleich „Partei und Richter, Gesetz und Zeuge sein
müsse" (S. 18). Wenn nun Herder so die Frage aufwirft, ob wir
denn im stande seien, über unsere Vernunft zu urteilen, ja noch
mehr, von unserer Sinnlichkeit absehend, unsere *reine* Vernunft

zu beurteilen (S. 17), die Vernunft zu transcendentieren (S. 40),
so unterscheidet sich diese Frage nicht wesentlich von der
Hegelschen: ob wir schwimmen können, ohne ins Wasser zu
steigen. Trifft auch dieser Vorwurf Kant nicht, weil eine Kritik
der reinen Vernunft in *transcendentaler* Hinsicht eine empirisch
fassbare reine Vernunft nicht voraussetzt, so hat doch dieser
Vorwurf seine relative Berechtigung, insofern er die Bedeutung
der sinnlichen Erfahrung gegenüber der wissenschaftlichen Abstraktion verteigt. Schon an diesem Beispiel sehen wir das Verhältnis Herders zu Kant: es ist das reale Leben mit seinem
natürlichen Bewusstsein, welches sich dem wissenschaftlichen
System eines abstrakten Denkers gegenüberstellt. Man könnte
sagen, alle Einwände Herders gegen Kant haben einen gesunden empirischen Hintergrund, aber sie alle beruhen auf
einem Missverständis des tieferen Sinnes der Kantischen Lehre;
daher hat auch die ganze Polemik keinen positiven Wert;
dafür aber hat sie für uns ein grosses historisches Interesse,
als Vorbild aller anderen Kritiken Kants vom Standpunkt des
natürlichen Bewusstseins einerseits und vom vorkritischen Standpunkt andererseits.

Wenn Herder z. B. gegen die scharfe Scheidung von Verstand und Sinnlichkeit protestiert (S. 73), so stimmt er darin
mit Reinhold vollständig überein; nur vergisst dabei Herder,
dass Kant mit diesem scheinbaren Widerspruch, welcher in der
„gemeinsamen Wurzel der beiden Stämme", in Kants transcendentaler Einheit aufgelöst wird, den ewigen Widerspruch der
Materie und des Geistes aufhebt, indem er sie in die Reciptivität
der Eindrücke und die Spontaneität der Begriffe verwandelt.
Wenn ferner Herder gegen die Apriorität des Raumes und der
Zeit (S. 47), oder der Kategorien (S. 73), oder endlich gegen
die „priorisierte Idealität" der Kantischen Lehre (S. 148 u. f.)
überhaupt auftritt, so macht er sich desselben Missverständnisses
schuldig, welchem wir seit Garve so oft begegnen und welches
auf der Verwechslung des Kantischen transcendentalen mit einem
schaffenden Idealismus beruht; nicht nur Herder, sondern auch
manche Kanntkenner suchen seine Anschauungsformen und Denk-
gesetze nicht im Menschen, als im erkennenden Subjekt, sondern als
im Objekt, welches selbst durch diese Gesetze begründet ist; mit

vielen andern Kritikern verwechselt auch Herder die Kantische „Erscheinung" mit dem Schein und setzt daher an ihre Stelle „sinnliche Gegenstände" (S. 45); aber er übersieht dabei, dass diese Erscheinung die sinnlichen Gegenstände ebensowohl wie die sie auffassenden Denkfunktionen, sofern sie Objekte unserer Erkenntnis sind, mit einschliesst. Tritt ferner Herder gegen den Widerspruch der Phänomena und Noumena auf, so thut er nur dasselbe, was schon so manche Kantkenner seit Jacoby gethan haben; nicht Herder allein fasst das Kantische Noumenon als etwas ausser und unabhängig von dem Phänomenon Bestehendes auf, nicht er allein begreift nicht den wahren Sinn des Noumenons, als einer höheren transcendentalen Einheit, welches auch das, was wir in die Welt hineinlegen und das, was wir von ihr erfahren — auch das Phänomenon — mit einschliesst (S. 171). Ebenso oft ist auch die Verwechslung der Kantischen intelligibeln mit einer Intellektualwelt (S. 188); eine Verwechslung, welche den Kantischen negativen Begriff in einen positiven verwandelt und aus welchem das Missverständnis entsteht, als ob der Kriticismus nichts anderes sei, als veränderter Rationalismus. Wenn Herder ferner gegen die Kantische „Scheidung der zwei Vernünfte protestiert, von denen die eine das wieder aufnimmt, was die andere verworfen hat" (S. 235, 289, 315), so übersieht er dabei, dass nur die reine Vernunft erkennend, während die praktische bloss postulierend ist und dass sie beide, wenn auch von verschiedenen Seiten, sich der letzten Wahrheit nähern.

Die Einwände Herders gegen Kants einzelne Ausdrücke beruhen ebenfalls fast immer auf einem Missverständnis; wenn Herder z. B. gegen die Einteilung der Urteile in synthetische und analytische polemisierend den oft wiederholten Einwand erhebt, ausser den identischen und verschiedenen Begriffen können auch gleiche Begriffe sein (S. 36), so vergisst er, dass die Gleichheit schon an sich ein Gedankenelement ist, welches in der gegebenen Vorstellung nicht mit eingeschlossen ist und sie folglich, wenn auch nicht empirisch, so doch transcendental erweitere; das gleiche Missverständnis liegt auch seiner zweiten Behauptung zu Grunde, dass die Grenze zwischen den analytischen uno den synthetischen Urteilen keine feste, sondern nur eine relative sei (S. 35); wiederum verwechselt er dabei die transcendentale, rein logische Natur des Urteils mit seinem empischen

Werden. Tadelt Herder ferner den Missbrauch der Aristotelischen Ausdrücke „apriori" und „aposteriori" (S. 309), so macht er Kant damit denselben Vorwurf, welchen auch andere Logiker bis auf Ueberweg gegen ihn erhoben haben, während man doch, wie mir scheint, nicht berechtigt ist, dem Philosophen zu verbieten, den Sinn der Wörter zu ändern. Wenn Herder weiter gegen Kants „apriorische Erkenntnis" polemisiert, so teilt er nur das allzu verbreitete Missverständnis, als ob Kant eine ganze Erkenntnis und nicht vielmehr einen Teil, eine Form der Erkenntnis a priori zulässt (S. 23, 32 etc.).

Aehnlich wie die angeführten, sind auch die anderen Einwände Herders; immer liegt ihnen das Missverständnis der reformatorischen kritischen Lehre zu Grund; sie geben uns einen schlagenden Beleg für den Kantischen Satz: „Nur wenige haben mich verstanden und auch diese haben mich missverstanden." Die Bedeutung dieser Polemik ist daher nur eine negative, eine historische; sie zeigt uns die Schwierigkeit des Verständnisses Kants und seinen ungeheuren Abstand von der vorkritischen Philosophie.

Zweiter Teil.

Das Verhältnis der Systeme.

1. Der allgemeine Charakter dieses Verhältnisses.

Wenn die Beziehungen Herders zu Kant gezeigt haben, wie sich die Entartungen des dynamischen Standpunkts bei Herder und des Kritischen bei den Pseudokantianern gegenseitig widersprechen, so kommen wir, bei genauerer Verfolgung der Grundgedanken ihrer Weltanschauungen, zu der Ueberzeugung, dass ihre wahren Gedanken einander gegenseitig ergänzen; beide betrachten denselben Gegenstand von zwei verschiedenen Standpunkten, beleuchten ihn von zwei verschiedenen Seiten. Dasjenige, was Herders *Beziehungen* zu Kant bestimmte, war sein unbeständiges, vom Gemüt abhängiges Denken, und daher war auch bei der Betrachtung dieser Beziehungen die beste Methode die des zeitlichen Entwickelns; will man aber den Kern der Herder'schen Gedanken *rein* herausfinden, so muss man vom jeweiligen Augenblick mit seinen vorübergehenden Einflüssen absehen. Thut man's nicht, so verbietet die Menge sich ganz widersprechender und nur durch die Augenblicksstimmung erklärbarer Aeusserungen Herders vollständig, etwas Bestimmteres über ihn zu sagen.[1) Mir scheint daher, dass das einzige Mittel, Herder ganz gerecht zu werden, wäre, ihn aus seiner Zeit und ihren Einflüssen zu begreifen, wie wir es im ersten Teil gethan haben, um dann wiederum das abzusondern, was Herder individuell angehört, und was sein geistiges Eigentum ausmacht. Sehen wir nun von diesen augenblicklichen Einflüssen ab, so finden wir

---

1) Daher auch die verschiedenen Auffassungsweisen von Herder.

als den in seinem Naturell bedingten Kern aller seiner Gedanken
den Begriff des ewigen Werdens. Diesen Grundbegriff möglichst
rein hervorzuheben, wie er, selbst von keinen Nebenumständen
abhängig, das ganze Denken Herders formte und bedingte, würde
demnach die Aufgabe des folgenden Teils sein. Wie in Herders
Beziehungen zu andern Denkern alles von der Zeit abhing und
durch sie bestimmt wurde, so wurde sein eigenes Denken durch
die Zeiteinflüsse nur unterdrückt und vergewaltigt.

Nicht so bei Kant, dessen Denken eine gerade, strenge
Entwickelung darbietet; im bewussten Streben nach der reinen
Erkenntnis begriffen, lässt er sich durch keine Nebenumstände,
durch keine Gemütsneigungen von seinem geraden Wege ab-
bringen; unermüdlich schreitet er seinem bewussten Ziele zu; sein
Gedanke erhebt sich immer höher und höher, bis er im kritischen
System seine vollkommenste Entwickelung erreicht. Oekonomisch
schaltet Kant mit seiner Zeit und seiner Arbeit, er sieht die
Grösse seines Unternehmens, und hält seine Kräfte in strenger
Disziplin. Herder weiss hingegen seinen Gedanken keinen Zwang
aufzulegen, er zerfliesst, er geht mehr in die Breite als in die
Tiefe. Wollen wir beiden Denkern gleich gerecht werden, so
müssen wir auch bei jedem das Beste hervorsuchen, wir
müssen das Ende der Entwickelung Kants, seinen kritischen
Standpunkt, dem Ausgangspunkt Herders, seinem dynamischen
Grundgedanken, entgegenstellen. Wir müssen, so sonderbar
es auch auf den ersten Blick erscheinen mag, den *ersten* Gedanken Herders an dem *letzten* Gedanken Kants messen; sonderbar
ist es, weil wir dabei die Entwickelung nur beim letzteren berücksichtigen und beim ersteren davon vollständig absehen; es
scheint mir aber zugleich gerecht zu sein, weil Kants kritischer
Standpunkt mit seinem abstrakten Charakter seine vollständige
Entwickelung in seinem Begründer selbst fand, und auch nur
in *einem* Geiste sich so vollkommen und einheitlich ausbilden
konnte, während die empirische Natur des dynamischen oder
biologischen Standpunkts Herders es mit sich bringt, dass weder
ein einzelnes Menschenleben, noch eine einzelne Generation mit
ihren beschränkten Erfahrungen ihn zu wissenschaftlicher Ge-
wissheit und apodiktischer Gesetzmässigkeit bringen kann.

Ein Vorwurf ist Herder wegen dieser seiner Zerflossenheit
und zu grosser Vielseitigkeit seines Denkens sehr oft gemacht

worden, der Vorwurf des Eklekticismus; und in der That möchte
man diesem Vorwurf beistimmen, wenn man sieht, wie Herder
sich den widersprechendsten Systemen anbequemt, oder sie unter
einander zu versöhnen sucht und dabei ihre Grenzen verwischt.
Wer im „Empfinden und Erkennen" Leibniz aus dem Geiste
Spinozas korrigiert und verbessert (S. 178), um dann in „Gott"
wiederum Spinoza im Leibniz'schen Sinne zu interpretieren
(S. 450, 453, 459); wer in den „Spinozagesprächen" zugleich
Mendelssohn und Jacoby Recht geben will (IV. Gespr.); wer zu
gleicher Zeit unter dem Einfluss eines Nicolai und eines Hamann
stehen kann, der ist schwerlich ein systematischer Philosoph zu
nennen. Und andererseits kann man denjenigen nicht Eklektiker
nennen, der so fest an seiner dynamischen Grundanschauung
hängt, und dessen ganzes Denken so sehr in seinem eigenen
Naturell begründet ist. Wohl suchte Herder sich in den Gedanken-
gang aller seiner philosophischen Vorgänger und Zeitgenossen
hineinzudenken und hineinzufühlen, wohl suchte er von jedem
etwas zu lernen, aber es gelang ihm nur da, wo der Geist des
betrachteten Philosophen mit dem seinigen eine innere Verwandtschaft hatte; er lernte nur dasjenige von anderen, was auch in
ihm selbst vorhanden war; nur ein gleichartiger Geist konnte
ihn daher beeinflussen, und auch dieser nicht vollständig, denn
jeder fremde Einfluss beschränkte sich bei Herder auf Erwecken
schlummernder Kräfte; sobald aber der fremde Geist sich von
dem Herder'schen entfernte, verlor sich auch jede Beeinflussung:
entweder blieb dieser für Herder ganz verschlossen, oder Herder
modelte ihn unbewusst in seine eigene Denkungsart um. Eben
weil er seinen eigenen Geist nie verleugnen konnte, identifizierte
er ihn nur allzu oft mit dem Geiste der betrachteten Denker;
daher kam er auch fast nie zur klaren, unvoreingenommenen Einsicht in die Gedanken anderer, aber eben daher auch liess er
sich von niemandem ganz beeinflussen; der Spinoza, dem er folgt,
dessen Schüler er sich nennt, ist nicht der wirkliche Spinoza,
nicht der streng abstrakte Denker, sondern ein grosser denkender
Gemütsmensch, wie Herder selbst einer ist; Herders Leibniz ist
wiederum nicht der rationalistische Schöpfer der prästabilierten
Harmonie, sondern ein freier Bewunderer der Natur; Herders
Rousseau ist kein politischer und socialer Reformator, sondern
bloss ein gefühlvoller Anbeter alles Urwüchsigen und Natürlichen;

Herders Kant endlich — sein Lehrer - ist ihm ein vorsichtiger Gelehrter und anspornender Erzieher, und Kant — sein Gegner — ein spitzfindiger Metaphysiker. Der wahre eigentliche Geist fremder Denker verschwindet bei Herder, er sieht nur seine eigenen Geistesformen, die er in andere hineininterpretiert. Ist Herder ein Eklektiker, so ist er's nur als ein Urteilender und Nachempfindender; aber eben darin äussert sich seine völlige Eingenommenheit von eigener Denkungsart; als schaffender und selbstthätiger Denker ist er durchaus originell. Die Schuld am Eklekticismus Herders trägt wiederum sein Gemüt, welches das originelle Denken nicht zur Einsicht in die fremde Originalität kommen lässt: ich möchte über den Herder'schen Eklekticismus dasselbe sagen, was Lessing über den Leibniz'schen gesagt hat: „Leibniz hat nicht gesucht, sich den herrschenden Lehrsätzen aller Parteien anzupassen, im Gegenteil, er suchte alle Lehrsätze der herrschenden Parteien *seinem* System anzupassen."

Ganz anders aber verhält es sich mit Kant; den Geist des jeweiligen Denkers tief durchschauend und ihn von seinem eigenen absondernd, bleibt Kant eben dadurch immer originell, im Beurteilen wie auch im Selbstschaffen. Dass Kant seinen Standpunkt gewechselt hat, zeugt nicht von Mangel an Originalität, sondern im Gegenteil von einer inneren Entwickelung, die manche Stadien zu durchlaufen hat, bis sie ihren Höhepunkt erreicht. Daher denn auch die Ironie, dass Herder Kant immer den Vorwurf macht, er lege anderen Philosophen Zwang auf, er übe despotisch seine Macht, er wolle mit seinem alleingültigen System die Freiheit des Denkens aufheben (Metakritik S. 166, 186, 273); während es in Wirklichkeit Herder ist, der allen betrachteten Systemen unbewusst die Fesseln seines eigenen Geistes auferlegt.

Der radikale Gegensatz beider Denker liegt schon in ihren Persönlichkeiten begründet; während bei Herder das Denken von dem Gemüt ganz beherrscht wird, trennen sich bei Kant beide Momente des Geistes, das Denk- und das Gefühlselement, und keines von ihnen beansprucht eine Herrschaft über das andere. Aber nicht allein das befangene Gemüt Herders widerspricht dem strengen Denken Kants, nicht allein der mystische Gefühls- und Glaubensphilosoph, sondern auch der Naturforscher, der ernste Historiker, der Künstler Herder empört sich oft, wenn auch nicht immer mit Grund, gegen Kant. Der Widerspruch der

4

beiden Geister umfasst die ganze Richtung ihres Denkens.
dessen Inhalt und Methode; es ist der alte Widerspruch des
abstrakten Gedankens und der sinnlichen Anschauung, oder noch
besser der systematischen Spekulation und des wirkenden realen
Lebens. Weil die Philosophie Herders im vollsten Sinne eine
Philosophie des Lebens war, stand auch in ihrem Mittelpunkt
der Begriff der wirkenden, der thätigen Kraft; den Gedanken
in seiner abstrakten Reinheit, ausser seinem Existenz- und Wir-
kungskreis zu fassen, ihn so von seiner empirischen Anwendung
abzusondern, wie Kant es in seiner transcendentalen Philosophie
gethan hat, vermochte Herder nicht (Metakritik S. 18, 24, 63 etc.):
ein Gedanke, der nicht zugleich etwas Wirkliches, etwas Reales
darstellt, ist für ihn ein Unsinn („Gott" S. 522, „Met." S. 62, 96):
ein absolutes Nichts kennt und versteht er nicht („Gott" S. 586.
„Metakritik" S. 63). Herder steckt selbst tief im Leben, er hat
dessen Eigenschaften, aber auch dessen Mängel; selbst im Leben
begriffen, vermag er nicht mit einem Blicke das Ganze zu über-
schauen, sein Auge bleibt an Einzelnheiten haften; wohl kennt
er diese Einzelnheiten genau, aber er verliert ihren Zusammenhang, er hat keinen Ueberblick. Wie ganz anders bei Kant, der,
fern vom Leben und seinen Leidenschaften und Irrungen,
von der Höhe seines abstrakten, konsequenten Gedankens, das
ganze Leben auf einmal überblickt, und alle seine Vorgänge
gerecht und unvoreingenommen beurteilt. Innere Neigung und
warme Liebe durchglüht jeden Gedanken Herders; strenge Gerechtigkeit hält sie alle bei Kant im Zusammenhang. Herder
hasst und liebt mit seinem ganzen Herzen; Kant lässt sich weder
von Hass, noch von Liebe hinreissen; er urteilt frei und unparteiisch. Beide Denker streben nach Freiheit: Herder sucht sie
vergebens im Leben, Kant erreicht sie im Gedankenreich.

Aus diesem Grundunterschied können wir uns auch den
Widerspruch der philosophischen Standpunkte erklären: das reine,
abstrakte Denken Kants ringt sich zur Theorie der reinen Erkenntnis durch; das vibrierende Leben Herders formt sich die
Theorie des ewigen, inneren Werdens; der transcendentale und
der dynamische Standpunkt stehen sich ergänzend gegenüber,
der erste in seiner vollkommenen systematischen Einheit, der
zweite in der Form eines wissenschaftlichen Tastens, eines naiven
Realismus.

Fast auf allen Gebieten des menschlichen Denkens begegnen sich die Ansichten beider Philosophen, bald sich widersprechend, bald sich durchkreuzend und gegenseitig ergänzend. Um eine Uebersicht zu gewinnen, können wir alle diese Berührungspunkte in vier Hauptgebiete zusammenfassen: 1. Die „Kritik der reinen Vernunft" entspricht der Herder'schen Metaphysik, zugleich aber, als Erkenntnislehre, seiner Psychophysiologie; 2. die „Kritik der praktischen Vernunft" und die „Religion innerhalb den Grenzen der blossen Vernunft" entsprechen der Herder'schen Religions- und Moralphilosophie; 3. die „Kritik der Urteilskraft" Herders Aesthetik, und endlich 4. Kants geschichtsphilosophische Aufsätze der Herder'schen Geschichtsphilosophie und Entwickelungslehre. Auf keinem dieser Gebiete finden Herders Gedanken einen definitiven, systematischen Abschluss — zerstreut und weit auseinandergelegen begegnen wir ihnen in allen seinen Werken.

2. Metaphysik und Erkenntnislehre.

Metaphysik und Erkenntnislehre sind die zwei Probleme, welche bei Herder wie bei Kant zusammenfliessen; für Kant ist die Metaphysik nichts anderes, als die Wissenschaft von den Grenzen der Vernunft, sie ist, mit anderen Worten, der negative Teil seiner Erkenntnislehre. Bei Herder ist umgekehrt die Erkenntnislehre ein Teil der Psychologie, wie diese ein Stück der Physiologie,[1] und so ist die Erkenntnislehre für ihn nichts mehr, als ein Teil der Weltkenntnis, der Metaphysik. Beide Wissenschaften stehen bei jedem der zwei Denker im inneren Zusammenhang, aber im entgegengesetzten Verhältnis. Noch im völligen Vertrauen auf die Macht des menschlichen Wissens, frägt Herder geradeaus nach der Welt und ihren Gesetzen; Kant trennt das menschliche Wissen von der realen Wahrheit und stellt vorerst die Frage nach der Beschaffenheit unserer Erkenntnis selbst auf. Erst mit dieser Frage dringt die Wissenschaft, deren historischer Weg im allmählichen Fortschritt vom *Objekt* zu dem sie auffassenden *Subjekt* besteht, zur wahren Erkenntnis durch. So treffen wir in Herder und in Kant, an *einem* historischen Punkt, beide

---

[1] „Erkennen und Empfinden", S. 180; Reisejournal, „Lebensbild", II., S. 215 f.

Enden des Weges der Erkenntnis einander gegenübergestellt. In dieser verschiedenen Problemstellung unserer Denker können wir auch die verschiedenen Tendenzen des menschlichen Denkens überhaupt betrachten, die *idealistische*, auf den Gesetzen des Geistes begründete, und die *realistische*, auf die Beobachtung der Natur hinweisende; nur müssen wir dabei nicht vergessen, dass Herders Realismus ziemlich verworren und einseitig ist, da er die Welt der Erfahrung mit dem sie auffassenden Geiste auf einen Haufen wirft, ohne sogar die Schwierigkeit des Problems klar einzusehen; während Kants Idealismus die Welt der Erfahrung ebenso wenig, wie die Gesetze des menschlichen Geistes läugnet, und nur die *vollständige* Erkenntnis der ersteren für uns Menschen im Rückblick auf die letzteren verneint; sein Standpunkt ist nur subjektiv gültig, er ist nicht schaffend, sondern nur transcendental idealistisch. Es ist ja sehr wohl möglich und scheint auch wahrscheinlich zu sein, dass Herder nur daher bei seinem naiv-realistischen Standpunkt stehen geblieben ist, weil es ihm nicht so sehr um die reine Erkenntnis zu thun war, als um eine Weltanschauung, welche sein Denken ebenso wie sein Gemüt befriedigen könnte;[1]) mag aber immerhin Herders Standpunkt seine Persönlichkeit rein ausdrücken, systematischer und philosophisch haltbarer wird er dadurch doch nicht.

Um den Grundunterschied beider Systeme in eine kurze Formel zu bringen, könnten wir sagen, dass dem Einen die Frage nach der Erkenntnis im Centrum steht und alles andere bewegt und bedingt, während für den Anderen diese Frage eine Nebenfrage ausmacht und aus dem System selbst entspringt. Wir haben schon gesehen, wie Herder von seinem dynamischen Standpunkt die erkenntnistheoretische Frage dadurch löst, dass er die Kluft zwischen der Materie und dem Geist, dem Sein und dem Denken mittelst des Begriffs des ewigen, lebendigen Werdens, der wirkenden Kraft überbrückt;[2]) als eine aufsteigende Stufenleiter der lebendigen inneren Kräfte erscheint ihm die ganze Welt, auf ihrer unteren Hälfte die unbewegliche Natur, auf der oberen die geistigen Wesen, ungefähr in der Mitte der die beiden vermittelnde Reiz, mit dem das Reich der Materie abschliesst

---

[1]) Kühnemann, „Herders Persönlichkeit in seiner Weltanschauung", S. 199 ff.

[2]) Gott. S. 451, 460, 546, 564; Metakritik, S. 67.

und das lebendige Reich des Geistes anfängt. [1]) Unter vielen
geistigen Kräften, nicht einmal von den übrigen streng abge-
sondert, steht das menschliche Denken; Reiz, Empfindung.
Denken, Fühlen, Wollen, das alles sind gleiche geistige Kräfte,
und sie alle stehen in einer aufsteigenden Linie, die mit dem
Vermögen der Krystalisation im Steine beginnt und, so weit wir
sie verfolgen können, mit dem menschlichen Denken abschliesst.[2])
Sogar der Unterschied zwischen der Kraft des Denkens und der
der Krystalisation ist bloss ein gradueller, nicht die Kräfte selbst,
sondern nur ihre Richtungen sind in beiden Fällen verschieden.[3])
Damit aber ist die Ansicht auf die Vernunft, als auf eine Natur-
anlage gegeben. [4]) Gelingt es nun Herder, diese Ansicht durchzuführen, sie zur Grundlage einer philosophischen Weltanschauung
zu machen, so ist eben dadurch eine einheitliche Lösung des
Welträtsels gegeben; das Ziel der menschlichen Erkenntnis, alles
Gefundene in eine letzte Formel zu bringen, ist erreicht.

Manche Aeusserungen Herders über das geistige Leben des
Menschen sind so entfernt von den damaligen metaphysischen
Ansichten darüber, dass sie uns geradezu durch ihre Aehnlichkeit
mit den Ergebnissen der modernen Wissenschaft überraschen.
„Meines Erachtens ist keine Psychologie, die nicht in jedem
Schritte bestimmte Physiologie sei, möglich,“ sagt er in „Erkennen und Empfinden“ (S. 180); und gleich darauf: „Wir
empfinden nur, was unsere Nerven uns geben, darnach und
daraus können wir auch nur denken“ (S. 190). Anderes wiederum
erinnert in seinem konsequenten Materialismus an die Poren-
theorie eines Empedokles „Es ist zwischen unseren Sinnen und
den Gegenständen ein Medium (Licht, Schall), das so viel von
den Gegenständen abreisst, als diese Pforte empfangen kann,
alles übrige aber ihnen lässet“ (Erkennen und Empfinden S. 187).

Und doch ist Herder nichts weniger als konsequenter Ma-
terialist oder Sensualist; das Geistige ist bei ihm vom Materiellen
im Grunde scharf gesondert, wie sehr er auch beides vermitteln

---

[1]) Ideen, S. 47—49, 66 - 67, 84, 91, 167, 177 ff.; Gott, S. 568; Erkennen
und Empfinden, S. 192 ff.

[2]) Erkennen und Empfinden, S. 192; Ideen, S. 86—91, 103—108, 167.

[3]) Gott, S. 453; Ideen, S. 97, 102; Humanitätsbriefe, Nr. 116, S. 248:
Erkennen und Empfinden, S. 193.

[4]) Ideen, S. 115, 122, 129.

möchte. „Unläugbar, sagt er z. B. in den „Ideen" (S. 182), dass
der Gedanke, ja die erste Wahrnehmung ganz ein ander Ding
sei, als was ihr der Sinn zuführet." Kann Herder so schon bei
der Sinneswahrnehmung nicht einer gewissen Doppelseitigkeit
des Problems entgehen, so wird die Doppelseitigkeit beim abstrakten Denken zu einem förmlichen Cirkelschluss, in welchem
Herder erfolglos hin und her schwankt; einerseits strömt die
Weltkenntnis dem Menschen von aussen zu, andererseits aber
müssen die Gesetze der menschlichen Vernunft. als für die Welt
gültig, in sie hineingelegt werden: „Wir können die Natur nur
nach der Analogie unserer selbst beurteilen" und „unser Erkennen
haben wir nur aus dem Weltall durch Empfinden und Assimilieren," so lautet es schon in „Erkennen und Empfinden"; und
wieder weiter: „der empfindende Mensch fühlt sich in alles.
fühlt alles aus sich heraus" (S. 170). Denselben Kreislauf bedeutet
auch die Stelle der „Ideen" (S. 273 bis 274), welche unsere Erkenntnis und unser ganzes geistiges Leben für von der Tradition
und den klimatischen Bedingungen und wiederum von einer
genetischen, sich selbst schaffenden Kraft abhängig erklärt; denselben Cirkelschluss zeigen wieder die „Ideen". indem sie in der
Vernunft zugleich etwas Vernommenes, Gelerntes (S. 144) und
andererseits etwas mit der Organisation des Menschen Gegebenes
(S. 115) sehen. Desselben Cirkelschlusses machen sich auch die
„Spinozagespräche" schuldig, indem sie die Existenz der höchsten
Vernunft aus der menschlichen und zugleich das Wesen der
menschlichen aus dem der höchsten erklären (S. 476, 516). oder
das Denken zum Beweis des Denkbaren, das Denkbare zum
Grunde des Denkens machen. Denselben Cirkelschluss finden wir
endlich auch in der Metakritik; das 8. Kapitel sieht den Ursprung
unserer allgemeinen Begriffe in den Gesetzen des Weltalls und
zugleich in der Analogie unserer selbst (S. 207), und das 14.
Kapitel betrachtet die Vernunft zugleich als Erkenntnisquelle
und als empirisch gegebenen Gegenstand. als wirkende Kraft
(S. 291, 295). Mit einem Worte, die ganze Herder'sche Theorie
des Einen im Vielen oder des Besondern im Allgemeinen[1]) ist
nichts anderes als ein in sich selbst zurückkehrender Beweis.
als eine verworrene Einheit von Subjekt und Objekt. Nicht um-

---

[1]) Metakritik, S. 83. 250.

sonst bildet auf Herders Denkmal eine Schlange, die den Schwanz im Munde hat, das von ihm selbst gewählte Symbol seiner ganzen Denkungsweise.[1])

Auf zwei Wegen versucht Herder in diesem Cirkelschluss, dessen er sich wohl bewusst war,[2]) einen festen Anhaltspunkt zu erlangen; einmal indem er, sich zum gesunden Menschenverstand flüchtend, auf die Kraft hinweist, deren Wirken als Denken wir in uns, und deren Wirkungen wir zugleich in der äusseren Welt beobachten;[3]) und dann, indem er auf eine Harmonie hinweist,[4]) welche zwischen unserer inneren und der äusseren Welt stattfindet. Aber keine von diesen beiden Theorien scheint mir philosophisch stichhaltig zu sein: 1. indem Herder unsere Vernunft den Naturkräften gleichstellt, betrachtet er sie als Vermögen und nicht als Erkenntnisquelle, als Objekt und nicht als Subjekt; die erkenntnistheoretische Frage bleibt so immer ungelöst; 2. was die Harmonie betrifft, so kann sie nur dann zum Weltprinzip erhoben werden, wenn sie bewiesen wird und zwar entweder auf dem naturwissenschaftlichen, oder auf dem subjektiven Wege; im ersten Fall aber ist es eine, wenn man so sagen kann, *physische* Harmonie, eine natürliche und nicht eine sittliche, ethisch freie, wie Herder sie fordert; im zweiten Fall ist es diejenige subjektive Teleologie, welche Kant begründet hat; keine von beiden will aber Herder, und so kommt es denn, dass Herder in der Harmonie „ein vom Schöpfer geschaffenes Band der Wesen" sieht.[5]) Denselben Kreislauf der Gedanken, dessen eine Strömung vom Subjekt, die andere vom Objekt, die eine vom Geist, die andere von der Materie, ausgeht, werden wir später auch auf anderen Gebieten der Philosophie Herders finden können; es ist sein Streben nach einer monistischen Weltanschauung, welches ihn zu dieser seiner Theorie der geistigen Kräfte und mit ihr in diesen Kreislauf treibt. Dieser Fehler seines Denkens kommt vielleicht dort am klarsten zum Vorschein, wo er andere Systeme, in welchen er diese Einheitlichkeit

---

[1]) Erinnerungen, II., S. 361.
[2]) Erkennen und Empfinden, S. 170.
[3]) IV. Spinozagespräch, S. 522; Erkennen und Empfinden, S. 171 Metakritik, S. 297.
[4]) Erkennen und Empfinden, S. 174, 178; Metakritik, S. 297.
[5]) Erkennen und Empfinden, S. 174.

vermisst, bekämpft, ohne ihnen selbst ein eigenes konsequenteres
System gegenüberstellen zu können; der Leibniz'schen „Prästabilierten Harmonie" tritt er schon in „Erkennen und Empfinden"
entgegen (S. 176), dann in „Gott" (S. 461); der Spinozistischen
Unterscheidung von Ausdehnung und Denken in den „Spinozagesprächen" (S. 451, 467); der Kantischen Transcendentalphilo-
sophie endlich in der „Metakritik"; und überall versucht Herder an
die Stelle des Widerlegten sein System der Kräfte aufzustellen. [1]

Es scheint mir das grösste Verdienst Herders zu sein, dass
er gegen die absolute Scheidung des Geistes von der Materie
aufgetreten ist, dass er der einheitlichen Weltanschauung das
Wort geredet und so der modernen Naturwissenschaft den Weg
geebnet hat — fast hundert Jahre bevor sie zu ihrem jetzigen
Ansehen gekommen ist; dass er aber dieser Weltanschauung
keine wissenschaftliche Form zu geben vermochte, kommt, wie
ich es schon früher zu erklären suchte, eben daher, dass seine
dynamische Theorie, als eine Erfahrungswissenschaft, am meisten
dem Gesetz der allmählichen Entwickelung unterworfen ist, und
daher nur nach langer Ausbildung ihre vollständige Form erlangen kann.

Wenn hervorgehoben wird, [2] dass derselbe Fehler des
Denkens, die in sich zurückkehrende Beweisführung, in der
Fichte'schen Ichlehre, in der Hegel'schen Entwickelungslehre
und in der Schelling'schen Naturlehre angetroffen wird, so ist
damit der Widerspruch des Herder'schen Systems keineswegs
beseitigt; sondern es wird im Gegenteil dadurch bewiesen, dass
ein dogmatischer Monismus, der nicht mit dem Kriticismus
gewisse Grenzen unserer Erkenntnis zugeben will, unvermeidlich
in eine Doppelströmung gerät, deren beide Ausgangspunkte,
Subjekt und Objekt, bis jetzt keine Philosophie vollständig zu
verbinden vermochte.

Es ist zwar richtig von Pfleiderer bemerkt worden, dass
Herder sich zu Kant so verhält, wie Monismus zu Dualismus;
es ist ebenso richtig, was Pfleiderer weiter bemerkt, Monismus
und nicht Dualismus sei der letzte Zweck der Wissenschaft, zu
welchem unser Jahrhundert uns drängt. Ebenso wahr scheint

[1] Gott, S. 450, 461; Metakritik, S. 67; Erkennen und Empfinden,
S. 192.
[2] Haym, I., S. 675 ff.

es mir aber zu sein, dass der Monismus Herders nur ein verworrener und äusserlicher ist, während der scheinbare Dualismus des vorstellenden Subjekts und des vorstellbaren Objekts bei Kant in Wirklichkeit auf einen unbedingten, transcendentalen Monismus hinausläuft. Die Unlösbarkeit des Problems Kants, die letzte Wurzel unserer Erkenntnis zu finden, von welcher wir nur die Stämme sehen, ist in dem Wesen des Wissens selbst begründet; die Grösse Kants besteht eben darin, dass er als das ewige Los der Wissenschaft das *Streben* nach der Wahrheit hinstellte, anstatt, wie die vorkritische Philosophie, ihr ein fassbares Ziel zu stellen, dessen Geltung aber nur bedingt bliebe. Dieses Verhältnis Kants zu seinen Vorgängern drückt er in seiner Schrift „Von einem neuerdings erhobenen vornehmen Ton in der Philosophie" am besten selbst aus, indem er die „Kritische Forschung als herkulische Arbeit der Selbsterkenntnis der Genialbetrachtung der Neuplatoniker" entgegenstellt.

Während Herder zur klaren Absonderung des Subjekts und des Objekts noch nicht fortdringt und bei dem unklaren Begriff der Harmonie stehen bleibt, sondert Kant ein für allemal beide Enden der erkenntnistheoretischen Frage, und — der späteren Naturforschung die Betrachtung des Objekts überlassend — sucht er selbst das festzustellen, was allein vom Subjekt bestimmt wird. Ob diese beiden Wege sich jemals treffen werden, ob unser Wissen jemals zu dem Punkt gelangen wird, in welchem Subjekt und Objekt ineinsfliessen, diese Frage hat die Zukunft zu beantworten. Für Kant ist dieses Zusammentreffen, diese Einheit, eine transcendentale Idee, welche unserem Forschen die Richtung, aber nicht den Endpunkt zeigt. [1]

Scheint Herders System vor demjenigen Kants den Vorzug einer Einheit zu haben, so ist diese Einheit eine bloss künstliche, erdichtete und, wie wir später sehen werden, eine sogar bloss äusserliche und scheinbare. So äussert sich auch ihre Schwäche

---

[1] Es ist derselbe Gedanke, den vor Kant schon Lessing ausgesprochen hat: „Es gehört zu den menschlichen Vorurteilen, dass wir aus dem Gedanken alles herleiten wollen, da doch alles mit samt den Vorstellungen von höheren Prinzipien abhängt. Dass *wir uns davon nichts denken können*, hebt die Möglichkeit nicht auf." Es ist ganz begreiflich, wenn Herder diese unerkennbaren Prinzipien in den reellsten Begriff des Daseins umwandelt („Gott", S. 501—503).

schon darin, dass das Problem immer in sich selbst zurückkehrt und einen ewigen Kreis bildet, anstatt, wie bei Kant, im ewigen Fortschritt zweier parallelen, sich in der Unendlichkeit treffenden Linien die einheitliche Lösung zu erlangen.

Bei Kant bewegen sich Subjekt und Objekt ohne einander in ihren unabhängigen Entwickelungen zu stören; dass ein Zusammenhang zwischen beiden existiert, ist eine Thatsache, welche Kant in der zweiten Auflage seiner „Kritik der reinen Vernunft" (S. XXXIX und 275) ausdrücklich bestätigt hat; nur das Wesen dieser Einheit kennen wir nicht, eben weil sie eine transcendentale ist. Die Wand, welche Subjekt und Objekt scheidet, ist die Auffassungsweise des ersteren, seine Anschauungsformen, seine Verstandesbegriffe und endlich seine Ideen; so ist die ganze Kantische Theorie der Erscheinung und des Dinges an sich, so sind seine transcendentale Aesthetik, Analytik und Dialektik, durch seine Sonderung des Subjektes und Objektes gegeben; Kants Antwort auf die alte erkenntnistheoretische Frage war — empirische Scheidung von Subjekt und Objekt, ja sogar ein gewisser Verzicht auf vollständige Erkenntnis des letzteren; aber diese Sonderung zum Behuf einer höheren, transcendentalen Einheit. Vor dieser empirischen Sonderung aber erschrack Herder und er übersah die höhere Einheit.

Oft sehen wir Herder in der Kreisbewegung zwischen Subjekt und Objekt dem Kantischen Subjektivismus ganz nahe kommen, die entgegengesetzte Strömung reisst ihn aber bald wieder fort; da erkennt Herder Zeit und Raum für blosse Grenzen der beschränkten menschlichen Erkenntnis(„Spinozagespräche", S. 444, 457, 489, 508); da gesteht er, dass die absolute Wahrheit nicht in der Erfahrung, sondern nur in unserer Vernunft anzutreffen sei („Gott", S. 518), da lässt er zu, dass der einzige Beweis Gottes unser Bedürfnis, die höchste Vernunft vorzustellen, sei („Christliche Schriften", S. 156): da endlich spricht er von dem „mir Schönen" („Kalligone", S. 104, 207); nur noch ein Schritt, und die Schranken unserer Vernunft sind festgestellt, die Grundlage des Kriticismus ist da; vor diesem letzten Schritt aber schrickt Herder zurück. Vielleicht würde ein reines, unbefangenes Streben nach der Erkenntnis von diesen Resultaten nicht wieder zur Theorie der *objektiven* Zeit- und Raumvorstellungen, der *absoluten* Erkenntnis des Seienden, des höchst realen Gottes, des Naturschönen zurückkehren. Dass der grösste vorkritische Gegner Kants zugleich selbst nur einen Schritt vom Kritizismus entfernt war, ist der schlagendste Beweis, wie sehr die Zeit und die Wissenschaft für denselben reif waren.

Macht nun Herder diesen erlösenden Schritt nicht mit, so verliert die ganze kritische Theorie für ihn jeden Sinn; denn was sind die Kantische Aesthetik, seine Analytik und seine Dialektik anderes, als eben die verschiedenen Abstufungen dieser Grenze zwischen Subjekt und Objekt? Was bleibt von ihnen allen übrig, wenn man ihre Petitio principii verwirft, dass es etwas geben könne, was die Erfahrung uns nicht sagt und was doch für uns gültig ist? Für Herder ist ja die Erfahrung der alleinige Ausgangspunkt; dass er daher keine transcendentale Logik kennt und ihr nur eine „Physiologie der menschlichen Erkenntniskräfte" („Metakritik", S. 41) entgegenstellen kann ist, leicht verständlich; keiner von den bahnbrechenden Teilen der Kritik hat daher für Herder diejenige Bedeutung, welche er für ihn haben würde, wenn er sich seines vorkritischen Standpunktes entledigen könnte. In seiner ganzen Lehre finden wir nichts, was den Kantischen Raum- und Zeitanschauungen, seinen Kategorien, seinen Ideen, dem Wesen nach und nicht nur der äusseren Form gemäss (wie es in der „Metakritik" geschieht), gegenübergestellt werden könnte; mit anderen Worten: für die *Erkenntnislehre* in dem Sinne, wie sie seit Kant existiert, hat Herder nichts gethan; und was seine Metaphysik betrifft, so bleibt sie trotz ihres scheinbaren Monismus, den Herder nicht müde wird, dem Kantischen Dualismus entgegenzustellen (so „Metakritik", S. 314), stark dogmatisch gefärbt; sogar seine Behauptung, dass alle Seelenvermögen eine Einheit bilden, dass „man mit Namen keine Fächer in unserer Seele zimmert," bedeutet nur scheinbar einen Fortschritt Kant gegenüber; schon abgesehen davon, dass es Herder selbst bei weitem nicht gelingt, diese Einheit konsequent durchzuführen, so will ja auch Kant die letzte Einheit der aus „einer gemeinsamen Wurzel" entspringenden Seelenvermögen nicht läugnen und verneint nur ihre Erkennbarkeit.

Kant gegenübergestellt, bedeutet Herder das zurückgebliebene naiv-realistische Denken, während Kant bereits auf einem fortgeschrittenen Standpunkt steht. Aber giebt es denn wirklich keinen Herder'schen Gedanken, welcher durch Kants Fortschritt nicht zur Vergangenheit gemacht worden wäre, dessen Bedeu-

tung auch in unserem Jahrhundert fortbestehen könnte? Wohl
giebt es einen und diesem einen hat Herder es zu danken, dass
sein Name an der Seite des Kantischen dankbar wiederholt wird:
es ist sein Grundgedanke des Werdens, der Entwickelung. Wo
dieser rein ausgeprägt wurde — in seiner Metaphysik oder
seiner Erkenntnislehre — dort erhielt das System eine Festig-
keit und Dauerhaftigkeit, welche den übrigen Teilen fehlen:
die Idee der ewig wirkenden Kräfte, des Vergehens und Entstehens, der klimatischen Bedingtheit aller Wesen, der naturgemässen Entwickelung, des Einflusses der Tradition und der
Sprache auf den Menschen, sie alle, die schönen Gedanken der
„Ideen" wirken immer fort und sie sind es auch, welche die
„Ideen" zum verbreitetsten Werke Herders gemacht haben. Nur
noch ein Schritt von seiner Entwickelungslehre zu grösseren
Konsequenzen, nur noch eine letzte Läuterung seines Werde-
begriffs von dem hergebrachten metaphysischen Begriff des Seins,
und wir haben die Elemente der neueren Naturlehre, der Biologie,
wie sie Darwin geschaffen hat: da kommt aber bei Herder die
Zweckmässigkeitsidee hinein, da kommt der Begriff des Ideals,
als einer äusseren Ursache, eine teleologische Betrachtung der
Welt mit dem Gottesbegriff in ihrer Grundlage; die freie Forschung wird von den ihr angelegten Fesseln des von aussen
hineingreifenden Ideals gehemmt: der Vorläufer Darwins versperrt
sich selbst den Weg zur Erkenntnis. So in der Naturwissenschaft,
der Herder'schen Metaphysik, so auch in der Psychophysiologie,
der Herder'schen Erkenntnislehre. Mit sicheren Schritten durch-
misst er in der Schrift „Vom Erkennen und Empfinden" das
Feld der Anfänge der menschlichen Erkenntnis: aber nun findet
er in allen diesen Erscheinungen ein inneres Band zwischen der
äusseren und inneren Welt, „ein geistiges Band, welches der
Schöpfer geknüpft haben muss, dass gewisse Dinge dem empfindenden Teil unseres Organismus ähnlich, andere widrig sind". [1]
Mag auch dabei das gefundene Band, *Harmonie*, eher teleologisch
als theologisch klingen, der freie Gang der Gedanken ist dennoch
abgeschnitten; das alte Streben nach dem Absoluten zerschneidet
wiederum den Faden der Entwickelung.

Wir sehen, je reiner der Werdensgedanke sich bei Herder
ausprägt, desto folgerichtiger ist er. Widerspricht er dabei

---

[1] Erkennen und Empfinden, S. 174; ähnlich auch Ideen, S. 367.

Kant, oder beweist er damit dessen Inkonsequenz? Nein: denn seine Naturwissenschaft, wie auch seine Physiologie betreffen nur die Welt, wie wir sie kennen und sie erforschen können, oder, mit Kants Worten zu reden, die Erscheinungswelt; dass diese aber in gewissen Grenzen erforscht werden kann und muss, hat auch Kant ausdrücklich behauptet. Forscht Herder nach den Gesetzen des Denkens, findet er sie in der physiologischen Thätigkeit unserer Seelenvermögen, so thut er ja damit nur dasjenige, was Kant unter dem Namen der *angewandten* Logik forderte; die letztere wird ja von Kant gar nicht geläugnet, nur stellt er ihr seine *reine* Logik an die Seite. Will ferner Herder die Gesetze der Natur beobachten, so erweitert er nur unsere Erkenntnis *a posteriori,* welche wiederum dem Kantischen *a priori* gar nicht widerspricht, sondern dasselbe nur ergänzt. Will aber Herder die physiologisch nachgewiesenen Gesetze unseres Denkens zu Gesetzen des Weltalls machen, oder die Gesetze des Alls durch die beschränkten Begriffe unseres menschlich fehlbaren Verstandes bedingen,[1]) so verfehlt er die Wahrheit, und genügt weder den Forderungen Kants, noch denjenigen der strengen modernen Naturwissenschaft.

So sehen wir, dass derjenige Teil des Herderschen Systems, welcher an sich berechtigt ist, Kant im Grund ergänzt und vervollständigt; der Kantische Transcendentalismus, als Methode der Forschung, und der Herdersche Begriff des Werdens, als ihr Inhalt, — nur reiner, wissenschaftlicher ausgedrückt — sind die beiden Wegweiser, an welche sich das XIX. Jahrhundert zu halten hat und welche sich gegenseitig nicht widersprechen, sondern im Gegenteil ergänzen. Derjenige Teil des Herderschen Systems aber, der den Kern zum Verfall in sich selbst trägt, der in sich selbst morsch ist, stellt sich dem Kantianismus entgegen, um in dieser Gegenüberstellung sich als völlig unstichhaltig zu erweisen: es ist das Element der Ruhe in seiner Entwickelungslehre, es ist die Herbeiziehung und Hypostasierung des Ideals dort, wo es sich nur um die vergängliche Wirklichkeit handeln sollte — es ist der Gottesbegriff und der Gedanke der äusseren Zwecke und Ursachen in seiner Metaphysik, der Begriff eines bestimmten, vom Schöpfer geschaffenen Bandes zwischen Materie und Geist in seiner Erkenntnislehre.

[1]) Herders ganze Theorie des Eines in Vielem.

Fragen wir uns nach den Verdiensten beider Philosophen um die Erkenntnislehre, so ist es klar, dass dieselbe, als die Wissenschaft von der Beschaffenheit, dem Umfang und den Grenzen der menschlichen Erkenntnis eigentlich nur von Kant begründet wird; was Herder einzig gebührt, ist der Ruhm, ihre physiologischen Grundlagen ins Auge gefasst zu haben; das was er sucht und in seiner Logik als „Physiologie der Erkenntniskräfte" zu finden glaubt, sind nicht Gesetze der Erkenntnis, sondern Gesetze des Denkens. Eben deswegen aber hört seine Logik auf, *reine Erkenntnislehre* zu sein; sie ist vielmehr bloss eine auf Erfahrungsthatsachen gebaute Wissenschaft; sie ist nicht mehr eine philosophische Begründung der Wissenschaften überhaupt, sondern nur eine unter mehreren anderen. Was aber das Verdienst Herders noch mehr herabsetzt, ist die Thatsache, dass bei ihm auch diese Erfahrungswissenschaft völlig der philosophischen Schärfe und Konsequenz entbehrt, die eine solche haben müsste, um sich mit Recht an die Seite des Kritizismus stellen zu können. Mag dieses die moderne inhaltliche Logik und Erkenntnislehre versuchen. — Herdern konnte dieser Versuch nimmermehr gelingen, schon weil er nicht, wie die letztere, sich auf die Fortschritte Kants stützen wollte, noch konnte. Bedingt die Herdersche naiv-realistische Erkenntnistheorie eine *metaphysische* Logik, so wie sie in Hegel ihren Höhepunkt hat, so ist Kant der Begründer der *subjektivistisch-formalen* Logik. Wenn die Ansichten beider in der modernen Wissenschaft vertreten sind (die ganze objektivistische Richtung der Logik bei Scheiermacher, Trendlenburg, Beneke, Ueberweg etc. könnte Herder zu ihren Vorläufern zählen), so bleibt doch zu bedenken, dass Kant allein der systematische Begründer und Vertreter seiner Theorie war, während Herder nur als ein sehr unsystematischer und inkonsequenter Vorläufer späterer Philosophen dasteht.

Stellen wir Herders und Kants Gedanken, so wie sie sich zeitlich gegenüberstanden, entgegen, so tritt Herders Bedeutung vor derjenigen Kants vollständig zurück; sehen wir aber von der zeitlichen Bedingtheit und dem individuell-unsystematischen Charakter des Herder'schen Philosophierens ab, so finden wir in seinen wahren Aeusserungen die Keime eines Systems, welches sich gegenwärtig in seiner vollständigen Ausarbeitung an die Seite des Kantischen stellt: freilich brauchte es zu dieser vollständigen

Ausarbeitung eines grossen Zeitraums, und, was für unsere
Frage noch wichtiger ist, die Nachfolger Herders mussten, ehe
sie sich mit seinem Gegner messen konnten, sich an der Philosophie des letzteren stärken. Keiner von den neuern Logikern,
die Kants philosophische Grundlagen der Logik zu ergänzen
oder zu widerlegen beanspruchen, läugnet zugleich eine gewisse
Abhängigkeit von Kant, keiner seiner Gegner spricht dieser
philosophischen Reform ihre bahnbrechende Bedeutung ab,
mag er nun im Einzelnen mit Kant übereinstimmen oder
nicht.

Aehnlich wie mit der Logik verhält es sich auch mit der
Herderschen Metaphysik: weist sie mit ihrer monistischen Grundanschauung, mit ihrer bloss quantitativen Verschiedenheit des
Geistes und der Materie, mit ihrer Annahme einer Stufenleiter
der Wesen, direkt auf die späteren Systeme eines Schelling
(Naturphilosophie), eines Hegel (Dialektik), eines Trendlenburg
und eines Ueberweg hin, so muss man nicht vergessen, dass
diese alle zu ihrem Vorläufer Kant hatten, auf dessen philosophischer Reform sie alle fussen. Man könnte auch Herders
Theorie der Stufenleiter der Wesen und die durch dieselbe begründete Ansicht von der inneren Verwandtschaft des Erkennbaren und Erkennenden, als diejenige Theorie bezeichnen, welche
sich in der neueren Zeit der Kantischen prinzipiellen Scheidung
von Sein und Denken entgegenstellt; es ist ja der Standpunkt,
von welchem Ueberweg Kant zu widerlegen sucht, es ist zugleich der Punkt, in welchem der Kantianer Herbart sich von
Kant trennt: aber wiederum muss man dabei bedenken,
dass Ueberweg sowohl wie Herbart auf den Schultern Kants
stehen, und dass andererseits eine innere Harmonie der Welt
auch von Kant nicht geläugnet wurde, nur dass er, auf einen
theoretischen Beweis derselben verzichtend, sich mit einer sub-
jektivistischen Teleologie begnügte, deren Ursprung nicht die
objektive Zweckmässigkeit der Natur, sondern nur das *praktische*
Bedürfnis des Menschen nach ihr bildet.

Mit dieser Frage werden wir uns noch später (IV. Kapitel)
beschäftigen müssen; jetzt aber noch einige Worte über die
Methode unserer Philosophen. Beim ersten Anblick scheint es,
als wende Kant ausschliesslich die Deduktion und Herder die
Induktion an; sehen wir uns aber das Verhältnis näher an, so

bemerken wir, dass Kant mit seiner Begründung der synthetisch-apriorischen Schlussart die empirische, sei es nun analytische oder synthetisch-induktive, gar nicht verneint; wenn Herder daher seine empirische Beweisführung der Kantischen apriorischen entgegenstellt, so übersieht er gänzlich, dass er damit Kant nicht widerspricht, sondern im Gegenteil ihn nur ergänzt; der ganze Unterschied besteht hier, wie auch auf anderen Gebieten darin, dass beide Methoden bei Herder ziemlich verworren bei einander stehen, während Kant sie beide auseinanderhält, und den Weg der einen — der Deduktion durch seine „Kritik der reinen Vernunft" begründend, die Entwickelung der anderen — der späteren Erfahrungswissenschaft überlässt.

III. Religions- und Moralphilosophie.

Wie Metaphysik und Erkenntnislehre, so haben auch Religions- und Moralphilosophie bei beiden Philosophen eine entgegengesetzte, wenn auch eng miteinander verbundene Stellung: Kants Glaube ist ein Vernunftglaube, er erkennt einen Gott an, weil seine praktische Vernunft es fordert, — seine Religionsphilosophie ist auf einem praktischen Bedürfnis begründet, sie existiert um der Moral willen. Ganz entgegengesetzt verhalten sich beide Fragen bei Herder: ihm ist Gott die höchste Realität, die Gotteslehre daher die Lehre vom höchst realen Wesen, der höchsten Vernunft Güte und Allmacht;[1] im Vergleich mit ihr ist die Moral nur die Lehre von den Gesetzen der endlichen, beschränkten Güte, von der menschlichen Tugend. Nach Kant sollen wir an Gott glauben, weil wir in uns die Idee der vollkommenen Menschheit und ihres Endzwecks, den Gedanken des höchsten Gutes tragen. Nach Herder sollen wir sittlich sein, weil wir Abbilder der höchsten Sittlichkeit sind. Auch hier wie überall ein ganz verschiedener Ausgangspunkt.[2]

Noch mehr Verschiedenheit, wenn wir die Stellung der *Religionsphilosophie* in dem Ganzen beider Systeme betrachten: bei Herder kommt alles aus Gott, und alles kehrt zu ihm zurück; ebenso unvermittelt, wie die Welt und der freie menschliche

---

[1] Gott, VI. Gespräch; Metakritik, S. 232 ff.; Erkennen und Empfinden, S. 202 ff.

[2] Ideen, Bd. XIII, S. 154.

Geist, steht bei ihm neben jenen auch Gott — objektive Wahrheit, wie sie beide, eine dreiteilige Einheit, deren inneren Widerspruch Herder entweder nicht einsieht, oder nicht einsehen möchte; so bildet auch die Gotteslehre bei ihm einen Teil der Metaphysik; er scheidet sie noch nicht aus, um ihr eine gesonderte Stellung anzuweisen. Auch darin macht Kant den entscheidenden Schritt; wie er Subjekt und Objekt geschieden hat, so scheidet er jetzt innerhalb des ersteren die theoretische Erkenntnis vom praktischen Bedürfnis und erlangt so auf dem Wege der praktischen Postulate seinen notwendigen, aber zugleich von der Naturlehre wie auch von der menschlichen Freiheitslehre unabhängigen Gott. Bei Herder ist so die Gotteslehre die erste, bei Kant die letzte Frage.

In der Metaphysik und der Erkenntnislehre war es der Streit zweier Standpunkte, des Rationalismus und des Empirismus, an welchen unsere Philosophen angeknüpft haben. Ein Zufall giebt uns Gelegenheit, auch ihre religionsphilosophischen Ansichten mit einer ähnlichen Streitfrage in Zusammenhang zu bringen; es ist der berühmte Mendelssohn-Jacobische Spinozastreit, welcher Kant und Herder zur endgültigen Läuterung und klaren Auseinanderlegung ihrer Ueberzeugungen Anlass giebt. Während der Aufklärungsphilosoph Mendelssohn, vom rationalistischen Standpunkt ausgehend, Spinoza gegenüber Beweise eines theistischen Gottes zu geben sucht, stimmt sein Gegner mit Spinoza in der Undemonstrierbarkeit Gottes überein, um sich dann ganz dem Gefühlsglauben hinzugeben; so treten in diesem Streit Glauben und Verstand gegenüber, wie sich im erkenntnistheoretischen Streit der menschliche Geist und die Welt der Erfahrung entgegengetreten sind.

Wir sahen, wie unbestimmt und verworren Herders Ansichten in der erkenntnistheoretischen Frage waren und wie sie zwischen dem Rationalismus und dem Empirismus schwankten. Seine Spinozagespräche (IV.) von 1787 zeigen uns, dass er sich mit der religiösen Frage nicht besser abfand: beide Prinzipien des Glaubens und der theoretischen Erkenntnis sind in der Religion verbunden und nach seiner Meinung gleich berechtigt; recht schwer fällt es ihm, sich für eine der streitenden Parteien zu entschliessen: anstatt sich zu einer ausgesprochenen Ansicht zu bekennen, modelt er die Begriffe beider nach seiner Weise um; Jacobis

5

Glaubensprinzip wird für ihn zur „Enthüllung des wahren Daseins Gottes durch Offenbarung" und zur „unmittelbaren Erkenntnis dessen, was da ist und wie es da ist" (Gott, S. 511); andererseits aber sieht er in den Mendelssohnschen physiko-teleologischen Beweisen nichts mehr, als den blossen Wunsch, die Undemonstrierbarkeit eines realen Gottes zu bekämpfen; es ist eine ziemlich ungeschickte Ausflucht, wenn Herder, anstatt sich offen auf eine bestimmte Seite zu schlagen und die andere abzuweisen, sich zugleich beiden gesellt, und die Waffen beider gegen „die Vernünftelei, die leeren Phantome einer müssig spekulierenden Einbildungskraft" kehrt (S. 513). Dieser neue Gegner in der religionsphilosophischen Frage war offenbar Kant; er soll an der Verwirrung Herderscher Gedanken die Schuld tragen; hier wie immer tritt Herders Widerspruch gegen Kant dort am stärksten hervor, wo seine eigenen Gedanken nicht stichhaltig sind.

Aber noch früher als Herder nahm Kant selbst eine bestimmte Stellung zu diesem Streite ein und zwar in den zwei *1786* erschienenen Schriften „Bemerkungen zu Ludwig Jacobs Prüfung der Mendelssohnschen Morgenstunden" und „Was heisst sich im Denken orientieren". Wie früher den Streit zwischen Sinnlichkeit und Verstand, so schlichtet Kant jetzt den Streit zwischen Glauben und Erkenntnis, indem er ihre Grenzen scharf bezeichnet: der erste ist praktisch, die zweite theoretisch; der erste ist daher nur subjektiv gültig, und darf nicht den Anspruch auf objektive Wahrheit, wie die zweite, erheben; was speziell die Gottesfrage betrifft, so muss sich hier die theoretische Vernunft jedes Urteils enthalten; entscheiden kann darin nur das praktische Bedürfnis. So bildet Kants Vernunftglaube die Lösung der religiösen Frage, wie Kants subjektiver Idealismus die Lösung der erkenntnistheoretischen bildete. Wiederum besteht hier die Reform Kants in der Scheidung der bisherigen Standpunkte, in der Anerkennung beider, wenn auch nur in gewissen Grenzen, in der Hinstellung der Einheit beider zum Endzweck der Menschheit. Denn als eine solche Einheit der sinnlichen Glückseligkeit, von welcher der Popularphilosoph ausgeht, und der höchsten Pflichterfüllung, die Jacobi zum Prinzip nimmt, erscheint Kant sein Gott, der Verheisser des moralischen und zugleich eudämonistischen höchsten Gutes. Bezeichnend ist es für Kant, dass er sich mehr auf die Seite der Vernunftbeweise Mendelssohns, als auf die des

Gefühlsglaubens Jacobis neigte, dass er auch darin die Gefühle
den Gedanken untergeordnet wissen wollte, ebenso wie es für
Herder höchst charakteristisch ist, dass er in diesem Streit des
Gedankens und des Gefühls sich gar nicht entscheiden konnte,
dass er dort am meisten Eklektiker war, wo es sich um die genauere Bestimmung beider in ihm streitenden Elemente handelte.

Eine noch bedenklichere Stellung, als zwischen Jacobi
und Mendelssohn, nimmt Herder zwischen Spinoza und Leibniz
ein; Jacobi und Mendelssohn kamen doch darin überein, dass sie
beide den Glauben an einen persönlichen Gott billigten; ganz
entgegengesetzt waren in diesem Punkt die Ansichten Spinozas
und Leibnizens: während der letztere Gott als die höchste Individualität anerkennt, kennt Spinoza nur einen pantheistischen
Gott, als „natura naturans" gefasst; aber wie gross auch dieser
Abstand sein mag, so verhindert er Herder doch nicht, beide
Ansichten zu versöhnen und seinem eigenen Standpunkt zu
assimilieren. Er denkt den Sinn der spinozistischen Gottes-
auffassung ganz auszuschöpfen, wenn er gegen „Gott, als das
müssige Wesen, das ausserhalb der Welt sitzt und sich selbst
beschaut, so wie es sich Ewigkeiten hindurch beschaute, ehe
es mit dem Plan der Welt fertig ward", protestiert; einen
solchen Gott aber findet er höchstens im indischen Jagrenat,
und keineswegs im kirchlich-christlichen Gott („Gott", S. 495
bis 496); er nimmt keinen Anstand, diesen christlichen
Gott mit dem spinozistischen übereinstimmend zu finden,
oder seine „Religion der Liebe, der höchsten Vernunft, des
reinsten göttlichsten Wollens" zugleich und im gleichen Grade
bei dem heiligen Johannes und bei Spinoza zu finden (Erkennen
und Empfinden, S. 202). Der Gott, welchem Herder huldigt,
und welchen er in der „Ethik" zu finden glaubt, ist das aller-
reellste Wesen („Gott", S. 462, 536), „die Urkraft aller Kräfte, die
Seele aller Seelen (S. 453), die „höchste Intelligenz, innere Vollkommenheit, Güte und Allmacht" (S. 457, 469, 471), die „weiseste
Notwendigkeit" (S. 472, 479, 480, 481, 536) und die „höhere
Adrastea" (S. 473). Dass von dieser Auffassung nur noch ein
Schritt zum persönlichen Gott Leibnizens ist, dass die innere
Notwendigkeit des so interpretierten Spinoza eng an die mora-
lische Notwendigkeit seines Antipoden grenzt („Gott", S. 485), dass
die höchste Intelligenz in keinem grossen Abstand von der

höchsten Monade sich befindet, ist klar: man sieht auch gleich,
dass es Herder nur dadurch gelingt, diesen Kompromiss zu finden,
dass er die abstrakte Substanz mit Leben erfüllt, und eine sittliche Zweckmässigkeit in den streng mathematischen Pantheismus
hineininterpretiert. So wird dieser zu einer Art von Theodicee,
aber eben dadurch wird seine strenge Wissenschaftlichkeit aufgehoben. Die Herdersche Adrastea soll die zwei grundverschie-
denen Grundlagen der Religionsphilosophie zu einer Einheit
machen: es gelingt ihr aber weder den strengen Pantheismus
Spinozas mit der prästabilierten Harmonie Leibnizens zu versöhnen, noch sie beide zu verdrängen und sich an ihren Platz
zu stellen; in einer zweideutigen Lage zwischen beiden schwankend, bleibt sie ein misslungener Versuch, die mathematisch
strenge Religion des Verstandes mit dem optimistischen Glauben
des Gemüts zu versöhnen. Die Frage bleibt bei Herder ungelöst; bei Spinoza ist der Glaube an Gott ein pantheistischer,
bei Leibniz ist es ein Gefühlsglaube, bei Herder beides zugleich.

Wie geht nun Kant dabei zu Werke? Weder die Naturwissenschaft noch die Moral können Gott beweisen; er ist überhaupt undemonstrierbar; und doch *sollen* wir an ihn glauben,
weil es unser praktisches Bedürfnis fordert; die theoretische
Vernunft kennt dieses Bedürfnis nicht und sie hat auch nichts
mit der Religion zu thun. So scheidet Kant auch hier die **Frage**
aus; er giebt der Religionsphilosophie eine gesonderte Stellung:
er sondert sie von der Metaphysik ebenso wie von der Naturlehre;
dadurch aber wird für die Religionslehre eine Theodicee ebenso
entbehrlich, wie auch eine pantheistische Naturbetrachtung; die
Versöhnung beider im Herderschen System der weisesten Notwendigkeit wird umgangen. Wir sehen, dass unsere Philosophen
sich auf diesem Gebiet ähnlich verhalten, wie in der Erkenntnislehre und Metaphysik: an die Stelle der Herderschen seichten
Vermittelung bisheriger widersprechender Ansichten, tritt bei
Kant die erlösende Sonderung zum Behuf einer höheren Einheit.
Nur dass hier das Herdersche Gemütselement mehr in Anspruch
genommen wird, und dass daher dessen Druck fühlbarer ist:
an seinem Gotte hängt Herder mit seinem ganzen Wesen (und
nicht wie an seiner Psychophysiologie bloss mit dem forschenden
Verstande), in Gott findet er die Lösung aller seiner Fragen, in
Gott gelingt es ihm, mit Spinozas Hülfe, die beiden Tendenzen

seines Wesens, die naturforschende und die sittliche, zu vereinigen, in Gott findet er sein lange angestrebtes Ideal, in ihm sieht er den Anfang und das Ende jeder Entwickelung, in ihm äussert sich die ganze Persönlichkeit Herders. In keiner Frage finden wir bei Herder soviel äussere Uebereinstimmung, aber zugleich inneren Widerspruch mit Kant, wie hier. Auf beiden Enden seiner Religionsphilosophie nähert er sich dem Vernunftkritiker: wenn Herder behauptet, dass die Gesetze der geregelten Notwendigkeit die höchsten und die einfachsten sind („Gott" 551). dass der Naturforscher mehr zur Ehre Gottes thut, als die Verfasser der vielen Theodiceen („Gott" 490); so sagt er ja fast dasselbe was Kant: „wir haben kein Bedürfnis geheime Kräfte, geistige Naturwesen, anzunehmen, denn wir haben mit der Erforschung der empirischen Ursachen genug zu thun."[1]

Noch grösser ist die Uebereinstimmung auf der andern Seite: denn wenn Herder sich auf das Gemüt beruft, welches ihn zum Glauben zwingt,[2] so gründet sich Kant auf das Postulat der praktischen Vernunft; bei beiden sind es *praktische* und nicht theoretische Motive. Aber indem Herder beide Motive nicht nur in sich vereint, sondern auch das eine durch das andere beeinflussen lässt, gerät er in eine Inkonsequenz, die Kant vermeidet: unerwartet wird ihm der Gott des Gemütes zum Gott des Universums, die Schöpfung des menschlichen Bedürfnisses zur höchsten Realität; das Ideal der Sittlichkeit, welches er in sich fühlt, wird ihm zum Allgott der Natur. Auf einmal durchbricht so dieser letzte Schritt das an sich konsequente System der Herderschen Religionsphilosophie; aber dieser Schritt ist kein zufälliger; er macht das Wesen der Herderschen Theorie aus; er ist nicht willkürlich, sondern in seiner ganzen Persönlichkeit bedingt. „Der wissenschaftliche Forscher, sagt Herder in den „Christlichen Schriften" (XX, S. 156), thut wohl, wenn er allenthalben nur Natur, d. i. Kräfte, Ordnung, den Lauf und die Regel der Dinge aufsucht, ohne ihnen dort und da willkürlich kleinfügige Absichten unterzuschieben..." „Dem Gemüt des Menschen indes genügt das Wort *Natur* nicht, weil es ihm zu viel und zu wenig sagt..." „Verstand war der Bildner der Dinge – spricht das menschliche

[1] Kritik der praktischen Vernunft.
[2] Christliche Schriften. Bd. XX, 153 ff., 162 ff.

Gemüt, das Gemüt anerkennet in der Schöpfung. ., Es nennt das die Schöpfung durchdringende Wesen — den Urwirker, den *allmächtigen Schöpfer.*" Dass Herder selbst diese doppelte Tendenz der menschlichen Seele so gut einsah, zeigt seine Vielseitigkeit; dass er aber in sich selbst dieselbe · nicht zu scheiden vermochte und keine Macht über sie hatte, erklärt die unsystematische Methode seines Denkens und den unphilosophischen Charakter seiner Theorie.

Dadurch dass Herder durch seinen Gott beiden Bedürfnissen der menschlichen Seele, dem praktischen und dem theoretischen, genügen wollte, geriet er in einen ähnlichen Gedankencirkel, wie wir ihn in seiner Erkenntnislehre gefunden haben: aus der Betrachtung der menschlichen Güte und Vernunft schliesst er auf einen Gott (auch Kant kommt zu seinem Gott auf subjektivem Wege, auch er gründet sich dabei auf das menschliche Ich, auf die praktische Vernunft); nun will aber Herder durch diesen subjektiv-gültigen Gott zugleich seinen Erkenntnisdrang befriedigen, und so verwandelt sich dieses Ideal in ein reales Wesen, [1]) welches die ganze Natur und mit ihr auch das menschliche Ich in sich einschliesst; aus der Natur und dem menschlichen Geist steigt Herder zu Gott empor, und von diesem wiederum zur Natur und zum Menschen zurück. Hier ist wohl die Inkonsequenz Herders grösser als auf allen andern Gebieten; das Gemüt stellt hier die grössten Forderungen auf; ihm genügt nicht mehr das ihm angewiesene Gebiet des Glaubens; es will auch das Wissen regulieren und beherrschen. Es bedurfte des ganzen Ernstes und der Strenge der Kantischen praktischen Vernunft, um unparteiisch die Rechte und Grenzen des Gemütes zu bestimmen und dem Gedanken das Recht der freien Forschung unbeschädigt zu lassen. Derjenige, welcher, wie Kant, diesen Ernst des sittlichen Bewusstseins besitzt, welcher keine Härte der Meinung fürchtet, wenn sie nur der Wahrheit entspricht; welcher sich vollständig beherrscht und seinem Gedanken nicht zuerst den Weg im Gemüt zu bahnen braucht; welcher vor keiner noch so strengen Consequenz zurückschrickt; welcher frei und unbefangen nach der ewigen Wahrheit strebt — der wird

---

[1]) Erkennen und Empfinden, S. 202; Gott, S. 440, 442; Metakritik, S. 210, 233, 259 ff ; Ideen, Vorrede, S. 7, 9.

die Herdersche Religion zu unklar und zu sehr den Schwächen
des gebrechlichen Menschen angepasst finden. Wer aber selbst
diese Schwächen kennt, wer selbst gebrechlich ist, wer sich zu
sehr vom Gemüt beherrschen lässt und seine Fesseln trägt, den
wird dafür die sanfte, anschauliche Religion Herders mehr ansprechen, als die harte, rigoristische Vernunftreligion Kants;
dazu wird auch ihr ästhetischer Charakter beitragen, ein Zug,
den Pfleiderer mit besonderem Nachdruck hervorhebt.

Am reinsten und vollkommensten scheint mir die Religion
Herders dort zu sein, wo sie sich zum Begriff der höchsten Humanität aufläutert; und hier stimmt sie auch mit dem Kantischen
Moralglauben am meisten überein; wo sie aber mit der Metaphysik und der Naturlehre verbunden wird, da verliert sie ihre
Lauterkeit, da widerspricht sie auch der Lehre Kants. Wenn aber im
theoretischen Sinne die Religionsphilosophie die grösste Schulung
des Gedankens fordert, so braucht sie in praktischer Hinsicht
vor allem ein fühlendes, warmes Herz, und das finden wir bei
Herder entschieden eher, als bei Kant; seine Religion der Liebe,
der Humanität, des Gemütes, spricht auch das Gemüt warm
an; mag sie auch dem wissenschaftlich prüfenden Blicke zu
unklar und zu inkonsequent erscheinen, ihre Wirkung auf den
Durchschnittsmenschen bleibt dessenungeachtet gross; es ist das
Herz, das in ihr zum Herzen spricht, der sich sympathisch auf-
dringende Glaube, die begeisterte Liebe zu Gott, die manchen
Gefühlsmenschen mehr überzeugt, als alle theoretischen Beweise. Wird die Religionsphilosophie als Wissenschaft auch
von Kant mehr beeinflusst als von Herder, so bleibt dem grossen
Kreis des Publikums die Herdersche Herzensreligion doch zu-
gänglicher und näher, als der strenge Kantische Vernunftglaube.

Dem allgemeinen Verhältnis der beiden Philosophen in
der Religionsphilosophie entsprechend, gestaltet sich auch ihre
Stellung zur Kirchenlehre. Auch darin schwankt Herder zwischen
einer freieren historischen Forschung und einer eingenommenen
Gefühlsinterpretation der Bibel; in der letzteren hat er einen
Lavater und einen Jacobi, und in der ersteren einen Lessing
zu Vorläufern. Bald versucht Herder sich auf dem historisch
forschenden Standpunkt zu erhalten und betrachtet kritisch die
Ereignisse der heiligen Geschichte; bald aber schwindet der
wissenschaftliche Boden unter seien Füssen, das Gefühl zwingt

ihn, die überlieferten Erzählungen als wahre Begebenheiten zu betrachten, und von diesem Standpunkt aus schreibt er ihnen einen sittlichen Einfluss zu, den sie nur haben könnten, wenn sie wirklich historisch wären. Der verhängnisvolle Cirkelschluss wird auch hier nicht vermieden. „Ist die Geschichte Jesu von den Fischern von Kapernaum erfunden, so danke ich den Fischern, dass sie eine solche Geschichte erdichtet haben. Meinem Geist ist sie *wahr.*" [1])

Das ist ungefähr der allgemeine Inhalt der Herderschen Kirchenlehre; sich selbst unbewusst verwechselt er das eigene Fühlen und Wollen mit der beurteilten Frage, und so wird ihm das Fragliche zur Thatsache; seine Lage ist eine zweideutige Stellung zwischen der historischen Prüfung und dem leichtgläubigen Gemüt. Auch hier, wie überall, löst Kant die Aufgabe, indem er beide Elemente trennt und scheidet: auch hier hat das historische, theoretische Forschen mit dem praktischen Bedürfnis nichts zu thun: noch weniger darf das letztere Anspruch auf die Beherrschung der ersteren erheben. Nur das praktische Bedürfnis darf daher in der Schriftauslegung Gültigkeit haben, und innerhalb desselben nicht das Gefühl, denn dieses ist zu individuell und daher nicht allgemeingültig, sondern das Bedürfnis der praktischen Vernunft, der moralische Glaube; dieser stellt sich in die Mitte zwischen einer historischen Betrachtung und einer auf Gefühl begründeten Exegese der Bibel; eben dadurch aber, dass Kant es für möglich hält, die gegebenen Thatsachen der christlichen Kirchenlehre seinem System anzupassen, dass er die ersteren an seiner praktischen Vernunft misst, lässt er dem positiven Christen den einzig möglichen Ausweg offen, das positive Christentum mit der Vernunftwissenschaft zu versöhnen. Herder übersieht diese günstige Möglichkeit, er sucht in seiner völligen Abhängigkeit vom Gemüt eine alleinige Herrschaft für das letztere, und da er doch nicht mit der Wissenschaft brechen will, sperrt er sich selbst jeden Ausweg ab. So geschieht es denn, dass alle Lehren des Christentums nicht vom Theologen, sondern vom Philosophen gebilligt und anerkannt werden. Was die historische Seite der Bibel anbetrifft, so will Kant die Fakten

[1]) Christliche Schriften. Bd. XX. S. 179.

nicht als geschichtliche Thatsachen, sondern bloss als Symbole
betrachten; als wahrhafte Ereignisse haben sie nach ihm mit der
Religion nichts zu thun. Herder hingegen sucht in diesen Fakten
geschichtliche Thatsachen und interpretiert doch zugleich in sie
seinen eigenen Geist hinein; unbewusst verwandelt er sie so nach
seinen eigenen Begriffen.

Haym vergleicht Herder mit Lessing; Kuno Fischer Kant
mit Lessing; dass Herder und Kant trotz ihrer Verschiedenheit
eine Aehnlichkeit mit dem Schöpfer des „Nathan" haben, ist
wahr; allein diese Aehnlichkeit beschränkt sich nur auf den ihnen
allen gemeinsamen Charakter des Liberalismus und der Duldsam-
keit, nicht aber den individuellen Kern ihrer Lehren. Sie alle stim-
men darin überein, dass das Wesen der Religion in ihrer sittlichen
Wirkung und nicht in Kultushandlungen, nicht in äusserem
Gottesdienst besteht. Gleich aber fängt auch der Unterschied
an: der Gemütsmensch Herder unterwirft das theoretische
Bedürfnis völlig dem praktischen, er opfert die wissenschaftliche
Konsequenz seiner Religionslehre um ihrer Gefühlsseite willen;
Lessing, der Mann des gesunden klaren Menschenverstandes,
will keine Konsequenz opfern, kein einziges Recht des Verstandes aufgeben; er giebt alles Dogmatische der Religion auf,
und setzt an dessen Stelle eine *reine* Sittlichkeitslehre; ich
möchte sagen, Lessing hat gar keine Religionsphilosophie,
so sehr tritt sie hinter der Sittlichkeitslehre zurück; Lessings
Verhältnis zur Religionsphilosophie ist ein durchaus negatives.
Kant endlich rettet die Religionsphilosophie, indem er durch die
prinzipielle Scheidung des theoretischen und praktischen Bedürfnisses, die Grenzen beider zwar bestimmt, aber sie zugleich
innerhalb ihrer selbst erweitert; so kommt er dazu, auch diejenigen Grundsätze des Christentums zu billigen, welche Lessing
und Herder verwerfen. Es scheint, als ob der Charakter jedes
Denkers die Entscheidung darin gebe: bei Herder entscheidet
das Gemüt, bei Lessing der Verstand, bei Kant die praktische
Vernunft; demgemäss sind auch die praktischen Ziele verschieden: eine warme Liebe ist das Wesen der Religion und
speziell des Christentums [1] bei Herder; das Wohlthun, die Nützlichkeit, das Vermögen, die Liebe Anderer zu erringen, bei

[1] Christliche Schriften. Bd. XX, S. 162. 168. 184.

Lessing; und die Pflicht, das Gute zu thun, nur weil es ein Gesetz in unserem Inneren fordert, bei Kant. Wenn es darauf ankäme, sich für Einen zu entscheiden, so dürfte sich, wie mir scheint, die gebildete Welt in drei verschiedene Gruppen teilen: die Verstandesmenschen würden zu ihrem Muster den duldsamsten[1]) und seinen Blick vor Allem aufs Leben richtenden Schöpfer des „Nathan" wählen; die Vernunftmenschen würden sich auf die Seite des entschieden höheren und ideelleren Religionsbegriffs des Vernunftkritikers stellen; die Gemütsmenschen würde endlich die liebevolle und innige Herzensreligion des Humanitätsphilosophen am meisten ansprechen.

Bei Herder ebenso, wie bei Kant, wird die Religion von der praktischen Seite betrachtet, und das verbindet sie mit der *Moralphilosophie* der beiden Denker. Wir haben schon gesehen, wie bei Kant die Religion sogar in der Moral begründet war, und wie sie bei Herder einen sittlichen Charakter trug. Schon als Schüler Kants lernt von ihm Herder die Moral dem Wissen voranzustellen; wie das moralische Gefühl Kant mit Rousseau verband, so wurde es ebenfalls das Verbindungsglied zwischen Herder und Rousseau.

Was war die Moral Herders? Güte, Gerechtigkeit, Billigkeit nennt er sie; in dem höchsten Punkt ihrer Entwickelung erscheint sie ihm als die Blüte der Humanität, als die Bestimmung des Menschen („Ideen", S. 154). Aber umsonst suchen wir bei ihm nach einer bestimmten, festen Definition dieser Humanität, welche als Grundlage der Moral betrachtet werden könnte. Fast überall, wo Herder den Begriff der Humanität näher bestimmen will, fliesst sie mit der Glückseligkeit zusammen,[2]) seine Sittlichkeitslehre ist ganz eudämonistisch. Es ist ja der ausgesprochenste Eudämonismus, wenn er die „echte und einzige Bestimmung des Menschen, glücklich zu sein", als den wahren Zweck der Erdschöpfung betrachtet. Eine Moral aber, welche die Bestimmung des Menschen von seiner Glückseligkeit nicht

---

[1]) Nur Lessing macht bewusst keinen Unterschied der Konfessionen: für Kant ist die protestantische die einzig gute; Herder ist wohl darin vielseitiger, aber diese seine Vielseitigkeit ist nicht die eines konsequenten, toleranten Denkers, sondern erscheint eben als Ausdruck seines breit angelegten, für jeden fremden Einfluss gleich empfänglichen Gemütes.

[2]) Ideen. S. 338, 341, 345, 350; Humanitätsbriefe. S. 113, 115.

unterscheidet, läuft eher auf eine Lebensweisheit hinaus, als
auf eine Moral im strengen Sinne. Wenn daher Kant dieser
doppelsinnigen seichten Moral seinen kategorischen Imperativ
entgegenstellt, so drückt er, und nicht Herder, das Wesen der
Ethik vollkommen aus. Dieser Vorzug Kants entspringt wiederum
aus den Grundlagen seines Systems. Der Grundgedanke der
Ethik ist der Freiheitsbegriff, und dieser ist bei Herder verworrener und unbestimmter als bei Kant. Als Naturforscher
kennt Herder „in der Natur keine Aussernatur, ausser der (empirischen) Kausalität keine (intelligible) Kausalität", [1] er kennt
nur nach bestimmten Gesetzen wirkende Kräfte. [2] Als Gemütsmensch aber ist Herder ganz vom Gedanken der Güte, Gerechtigkeit und Liebe erfüllt; beide Seiten seines Charakters verbinden sich, um die strenge Notwendigkeit der Natur mit der
freien Güte des Geistes im Begriff der höchsten, weisesten Notwendigkeit zusammenzufassen. [3] Auf diesem Wege der Versöhnung und Vermittelung gelangt Herder zu seiner Auffassung
der Freiheit als innerer Notwendigkeit, als „Selbstbestimmung
der Kräfte." [4]

Aber der doppelsinnige Ursprung der Herder'schen Freiheit
verrät sich immer durch ihre schwankenden Bestimmungen;
bald sieht Herder auch in der Natur eine Freiheit, denn auch
sie entwickelt sich nach inneren Gesetzen; [5] bald aber spricht
er die Freiheit nur dem Menschen zu: „der Mensch ist der erste
Freigelassene der Schöpfung, er geht aufrecht, er kann wählen"; [6]
eben hat er die Freiheit auf die ganze Natur ausgedehnt, sie mit
der Kausalität identifiziert, mit anderen Worten, sie geläugnet,
jetzt erkennt er sie im grössten Umfang als Wahlfreiheit an.

Und dann wieder erklärt Herder mit Luther, die wahre
Freiheit bestehe darin, dass man erkenne, dass man nicht frei
ist, [7] um später das Entgegengesetzte zu behaupten: „der Mensch
hat eine Wage in seiner Hand, er hat in seiner Macht, nicht

---

[1] Metakritik, S. 229.
[2] Erkennen und Empfinden. S. 201.
[3] III. Spinozagespräch.
[4] Gott, S. 535; Ideen, S. 149; Metakritik, S. 228.
[5] Metakritik, S. 228.
[6] Ideen, S. 146 ff.
[7] Erkennen und Empfinden, S. 202.

nur das Gewicht zu stellen, sondern auch selbst Gewicht zu sein
auf der Wage." [1] Sagen die letzten Worte nicht dasselbe, was
Kant mit seinem sittlichen autonomen Gesetz sagt, und andererseits sind nicht seine vorher angeführten Worte von der wahren
Freiheit, als Gefühl der Unfreiheit, ein klarer Anklang an Spinozas
strenge Kausalität? Dass es keine Kompromisse zwischen Freiheit
und Kausalität geben kann, dass auf eudämonistischer Grundlage
kein strenges Moralsystem anzubauen ist, hat Kant eingesehen,
und diese Einsicht zwang ihn abseits von der strengen Kausalität
der Natur und abseits von der seichten Vermittelung der Kausalität mit der menschlichen Freiheit, seine *ideale* unbedingte
Freiheit, als intelligibles Ding an sich, aufzustellen, um auf dieselbe seine rigoristische Moral zu gründen. Er hat seine Moral
von dem strengen Kausalitätsbegriff unabhängig gemacht, und
doch hielt er diese strenge Kausalität, wenn sie nur konsequent
durchgeführt wurde, für besser, als den seichten „synkretistischen"
Vermittelungsstandpunkt: der erste widersprach wenigstens nicht
seinen theoretischen Ansichten, während der letztere weder dem
praktischen, noch dem theoretischen Bedürfnis Genüge leistete.

Wenn wir die Frage historisch betrachten, so finden wir im
Milieu unserer Philosophen einen Freiheitsbegriff auf dogmatischer Grundlage und ihm gegenüber eine, auf empirische Thatsachen gebaute, Kausalitätslehre, wie sie sich auch in Spinozas
System ausprägt. Wenn Herder sich durch seine moralische
Tendenz von der letzteren abgestossen fühlte, so fühlte er
sich andererseits durch seine empirische Tendenz zu ihr hin-
gezogen: daher seine Vermittlung beider in seiner Freiheitsauffassung als innerer Selbstbestimmung. Und wie immer, verwischt auch hier Herder die Grenzen der entgegengesetzten
Ansichten; Spinoza eifert nach seiner Meinung nicht gegen
die wahre moralische Freiheit, er stellt vielmehr die menschliche Freiheit mit der göttlichen auf die gleiche Linie, sondern nur gegen die blinde Willkür („Gott", S. 500). Und
andererseits befriedigt Herder nicht der hergebrachte dogmatische Freiheitsbegriff, und so verwandelt er ihn in eine nach
Gesetzen wirkende Kraft der Natur, in eine „Energie der
Seele". [2] Dieselbe Freiheitsauffassung findet sich, wie schon

[1] Ideen, S. 146.
[2] Metakritik. S. 228; Erkennen und Empfinden. S. 199.

Pfleiderer bemerkt, bei Hegel und Schelling; wenn aber
Pfleiderer weiter bemerkt, dass diese Freiheitsauffassung diejenige
sei, über welche eine gesunde Philosophie nie hinausgehen
sollte, so glaube ich, dass diese Auffassung der Freiheit im
wissenschaftlichen Sinne gleichbedeutend mit deren absoluten,
wenn auch versteckten Verneinung ist. Giebt es *überhaupt* eine
Freiheit, so kann sie *nie* in den Grenzen der kausal bedingten
Natur gesucht werden; nur als eine Idee, als ein völlig subjek-
tives Aggregat des menschlichen Geistes, kann ich mir sie vor-
stellen; daher scheint mir auch Kuno Fischer Recht zu haben,
wenn er sagt, dass es ausser der Kantischen *keine* andere Freiheitslehre geben kann. Kant kennt auch nur zwei wissenschaftlich
begründete Standpunkte: den seinigen der ideal-subjektiven Freiheit, und den Spinozas der strengen. Kausalität. War der letzte für
Herder zu schroff und rücksichtslos, so konnte er auch den ersteren
nicht annehmen, weil er seine kritische Grundlage nicht begriff.

Die Lösung dieses Problems gelingt Kant nur darum, weil
er, den Widerspruch beider bisherigen Ansichten erkennend, ohne
sie zu vermitteln, einer jeden ihr bedingtes Recht zu bewahren
sucht; wiederum ein entscheidender Schritt der Trennung der
Herder'schen Vermittlung gegenüber. Steht nun die Kantische
absolute Freiheit in ihrer idealen Form höher als die bedingte
Naturfreiheit Herders, so frägt es sich, ob sie nicht in ihrem
Missbrauch mehr Gefahr bietet als die letztere; wenn gegen Kant
hervorgehoben wird, sein autonomes Gesetz könne in ebenso
autonome Gesetzlosigkeit, seine absolute Freiheit in absolute
Willkür umschlagen, so könnte man andererseits hervorheben,
dass Herders Naturfreiheit sich nicht nur in den höheren und
edleren, sondern auch in den niedrigsten und rohesten Trieben
offenbaren kann. Wenn es sich fragen würde, welches von beiden
Uebeln das kleinere sei, so würde ich mit den Worten Schillers
antworten: „Die Natur muss uns in Rücksicht auf jeden *bestimmten Zustand* unserer Menschheit notwendig demütigen,
aber sie verschafft uns doch den süssesten Genuss unserer Menschheit als *Idee,* denn nur *wir* sind der Freiheit teilhaftig, die allein
den Fortschritt zum Ideal, zum Göttlichen ermöglicht; die Natur
kann diesen Vorzug der Freiheit nur dann mit uns teilen, wenn
sie unseren Weg, den Weg der Willkür geht." [1]

---

[1] „Naive und sentimentalische Dichtung".

Dass auf diesen zwei verschiedenen Grundlagen sich auch ganz verschiedene Systeme der Moral entwickelt haben, ist begreiflich. Weil Herder keine absolute Freiheit kennt, so kennt er auch keine absolute, sondern nur eine eudämonistische Ethik; bei ihrer schwankenden, unsicheren Grundlage ist auch seine ganze Moral seicht und milde; an die Bedingungen des Lebens, an die Gewohnheiten, Triebe und Schwächen der menschlichen Natur gebunden, ist sie nachsichtig und vergiebt leicht; sie kann sich nicht zu den hohen Forderungen und der rücksichtslosen Strenge des Kantischen Imperativs erheben, denn dieser ist nur bei Annahme einer unbedingten Freiheit möglich. Selbst aus dem Leben und seinen Thatsachen hervorgegangen, nimmt sie das Leben so wie es ist; sie begnügt sich mit derjenigen relativen Vollkommenheit, die dem Menschen zugänglich ist. Dem Prinzip der Herder'schen Erkenntnislehre: „Wir kennen keine andere, als die menschliche Vernunft, und nur sie können wir richten," entspricht auch das Prinzip seiner Moral: wir kennen nur eine menschliche Moral und nur von ihr sollen wir reden [1]). Es ist wieder derselbe Trennungspunkt von Kant, welcher, aus den Grenzen des Lebens heraustretend, das Unbedingte durch die Kraft seiner Abstraktion aufsucht, um aus diesem das Bedingte besser zu beurteilen. Auch darin ist der Standpunkt Herders ein naiv-realistischer, während derjenige Kants ein höherer, idealistischer ist. Das Ideal der Sittlichkeit bei dem ersteren ist im Leben selbst, bei dem letzteren ausser dem Leben, es ist unerreichbar und sinnlich unfassbar, aber eben dadurch bewährt es seine Eigenschaft als ewiges, unvergängliches Ideal; hier tritt Kants Standpunkt klarer, als auf jedem anderen Gebiete als ewiges Streben hervor, während Herders menschliche, mithin erreichbare und bestimmbare Vollkommenheit seinem Streben Grenzen aufstellt, und einen Ruhepunkt im steten Werden des moralischen Charakters ausfindet. Durch dieses hohe Ideal ist auch die rigoristische Moral Kants bedingt; der Name des Sittlichen ist ihm zu heilig, als dass er ihn bei jeder nur nicht verachtenswerten Handlung gebrauche; die menschlichen Thaten des Alltags sind ihm zu kleinlich und zu bedingt, als dass er auch sie vom

---

[1]) Metakritik, S. 18, 82; Ideen, S. 145; Humanitätsbriefe, S. 876; Erkennen und Empfinden, S. 199.

Standpunkt der Sittlichkeit betrachten könnte; sie können mehr
oder weniger *legal* sein, aber um etwas *sittlich* zu nennen, muss
man eine Handlung haben, die diesem hohen Massstab entspräche:
und wenn Herder, den kategorischen Imperativ parodierend, ihn
auf die Esspflicht anwendet, [1] so übersieht er dabei gänzlich,
dass auch Kant einen Massstab für das gewöhnliche Leben hatte,
den der Legalität, dass er aber zugleich die Notwendigkeit eines
höheren Kriteriums einsah und dafür seinen Imperativ aufstellte. Hätte Herder die Kantische für höhere, sittlich geschulte
Menschen gültige Moral durch seine mildere, dem Durchschnittsmenschen angepasste, Sittlichkeitslehre ergänzt, wie erfolgreich
hätte er seine Thätigkeit an der Entwickelung des Kantischen
Gedankens der Legalität ausüben können. So aber wirkte er in
dieser Kant ergänzenden Richtung, ohne dieses sein Verhältnis
zu verstehen, ja sogar gegen denjenigen polemisierend, den er
unbewusst ergänzte. Sehen wir uns Herders Moral in diesen
Grenzen seiner wahren Aufgabe an, wie schön hat er sie erfüllt!
Wie fein verstand er die Strenge der Notwendigkeit durch die Bei-
mischung des Schönen zu mildern und die Fesseln der rücksichtslosen Natur durch diese ästhetische Färbung anziehend zu machen! [2]
Wie rührend preist Theano die „süsse Anmut der Notwendigkeit,“
in welcher sie, die „durch Ordnungen der Natur und Einrich-
tungen der Menschen gebundene Frau,“ ihren Trost sucht. Wie
schön ist wiederum der Zug der Herder'schen Moral, der
ihr Leben und Wirken giebt, die thätige, warme mitfühlende
Liebe, [3] ein Zug, der in der Kantischen Ethik fast ganz vor der
Pflicht zurücktritt. Dass die höchste Tugend, dass die völlig
erfüllte Pflicht, als Ideal Kants, auch die Liebe mit einschliesst,
übersah wohl Herder in seiner Polemik; aber wer wird es ihm
verargen, dass er auch *auf dem Wege* zu diesem Ideal die Liebe
und ihre Wirkungen offenbart wissen wollte, und sie für einen
stärkeren Impuls als alle Pflichtgefühle hielt; ist doch die Liebe
in der That das am meisten bestimmende und ausschlaggebende
Motiv für den Menschen, so lange er fehlerhaft und schwach, so
lange er Mensch ist.

[1] Christliche Schriften, Bd. XX., S. 182.
[2] Gott, S. 534; Ideen, S. 147: 73. Humanitätsbrief, Bd. XVII, S. 376.
[3] Christliche Schriften, S. 91, 166, 182, 184; Erkennen und Empfinden, S. 200.

Am besten drückt dieses Verhältnis der beiden Moralprinzipien, der Liebe und des Pflichtgefühls, das in den „Erinnerungen" abgedruckte Gedicht: „Der philosophische Egoist" aus. Die zweite Hälfte desselben lautet:

> „ ... Du lästert, die grosse Natur, die bald Kind und bald Mutter,
> Jetzt empfängt, jetzt giebt, nur durch Bedürfnis besteh'?
> Selbstgenügsam willst du dem schönen Ring dich entziehn,
> Der Geschöpf an Geschöpf reiht im vertraulichen Bund.
> Willst du, Armer, stehen *allein*, und allein durch dich selber,
> Wenn durch der Kräfte Tausch selbst das Unendliche steht?" [1]

Dabei scheint mir Herder insofern Recht zu haben, als er zum Grunde seiner Moral nicht den einzelnen Menschen mit seinem isolierten Gewissen stellt, sondern nur den Menschen, insoweit derselbe ein Glied einer *socialen Einheit,* der Gesellschaft, ausmacht; auch scheint mir Kant sich mit seinem autonomen Gesetz zu sehr auf das menschliche Selbstbewusstsein und zu wenig auf das sociale Bewusstsein zu gründen; man könnte vielleicht diese zwei Standpunkte unserer Philosophen auf zwei Grundkräfte der Natur zurückführen, von denen die eine ihre Thätigkeit nach aussen ausbreitet, während die andere alles auf sich zu beziehen strebt (centrifugal und centripetal); während Kant in allem sich nach seinem *Ich* richtet, nach seinen subjektiven Erkenntnisformen und seinem autonomen Moralgesetz, sucht Herder seine Stellung in der ihn umgebenden Welt; seine Erkenntnis kommt von aussen und seine Moral strebt hinaus in das Universum; dementsprechend ist auch das Ziel der Moral bei Kant das Gute um des Guten willen, während es bei Herder das Wohlthun, die Erreichung bestimmter Zwecke ist. Daher denn innerhalb des Kantischen Standpunkts die Gefahr eines ethischen Formalismus, und innerhalb der Herder'schen die Gefahr der Verwechslung des Moralischen mit dem Nützlichen.

Wenn aber Herder dem Kantischen Standpunkt einen philosophischen Egoismus vorwirft, [2] so scheint er mir wieder im Unrecht zu sein; auch bei Kant fehlt es nicht an einem Band zwischen den einzelnen mit Selbstbewusstsein versehenen Subjekten; es ist die streng bestimmte, zum Gesetz erhobene

---

[1] Die „Erinnerungen" schreiben das Gedicht Herder zu, während es sonst Schiller zugeschrieben wird (II., S. 245).

[2] Auch Metakritik, S. 280; Christliche Schriften, Bd. XX, S. 187.

Form dieses Bewusstseins, sei es nun im theoretisch-erkennenden (als subjektive Erkenntnisformen), oder praktisch-moralischen Sinne (als autonomes sittliches Gesetz). Dass jeder Einzelne das Sittengesetz in sich trägt, macht ihn zum sittlichen Subjekt; dass aber dieses Gesetz bei allen dasselbe ist, macht die einzelnen Wesen zu einer *moralischen Einheit, der Menschheit*. Die Schuld der allzu grossen Isolierung des Menschen, welche Kant von Herder zugeschrieben wird, scheint mir viel eher an Herder selbst zu haften; ist die Kantische Moral subjektiv, so ist die seinige *individuell*. Beide stehen vor dem alten Problem: wie verhält sich der einzelne zur Allheit? Während Herder sie unmittelbar verbinden will und, seinem System des „Einen in Vielem" gemäss, dogmatisch behauptet, beide seien analoger Natur,[1]) sucht Kant das Problem dadurch zu lösen, dass er im Menschen zugleich ein Individuum, einen Einzelnen, und ein Subjekt, einen Teil der Allheit oder der Menschheit sieht. Nur dadurch gelingt es ihm, im Menschen sein individuelles Bewusstsein anzuerkennen, zugleich aber ein absolutes Gesetz, ein allgemeines Ideal aufzustellen.

Herders Formel „anerkenne dich selbst und drücke die in dir liegende Form aus,"[2]) macht das absolute Gute unmöglich; nur bei Kants ausser dem Individuum liegender Bestimmung des Menschen, nur bei seiner Menschheitsidee, die im einzelnen nie erreicht werden kann, und dennoch im menschlichen Subjekt gegeben ist, im Subjekt, als vollkommenem Repräsentanten der Gattung, nur bei diesem, zwar schwierigen Standpunkt, der im Menschen zugleich Individuum und Gattungssubjekt, zugleich Erscheinung und Ding an sich sieht, nur bei diesem ist ein absolut Gutes trotz der fehlerhaften Natur jedes gegebenen Menschen möglich. Wenn Kant nur mit dem grössten Aufwand seiner Abstraktion diesen Standpunkt durchführt, so verfällt Herder in den Fehler, der für seine Ethik verhängnisvoll wird: ist nämlich die Moral ihrer Natur nach individualistisch, so ist Jeder in seiner Art gut, das Böse existiert nicht, wie Herder selbst in „Gott" (S. 544, 570) zugiebt; zugleich aber, können wir ihn ergänzen, giebt es auch kein Gutes, denn dieses kann nur

---

[1]) Ideen, S. 345.
[2]) Metakritik, S. 154.

als Gegensatz des Bösen existieren. Zum zweiten Mal bricht
so die Herder'sche Moral zusammen: giebt es keine absolute
Freiheit, so giebt es überhaupt keine Freiheit; giebt es ausser
dem Individuum kein absolut Gutes, so giebt es überhaupt kein
Gutes.

Hat die *subjektive* Moral Kants vor der *individualistischen*
Herders den Vorzug der wissenschaftlichen Konsequenz, so hat
die letztere in der praktischen Anwendung den Vorzug, dass
sie die jeweiligen, individuellen, sinnlichen Formen, den relativen
Wert jeder Handlung besser berücksichtigt. Diese Betrachtung
des relativen Wertes bei Herder und der Kantische Hinweis auf
den absoluten Wert der Handlungen ergänzen einander so, wie
das Leben und die Wissenschaft, oder wie die absolute Lehre
und ihre empirische Anwendung.

4. Geschichtsphilosophie.

Die verschiedene Lösung, welche beide Denker dem Problem vom Verhältnis des Individuums und der Gattung geben,
bedingt auch die Verschiedenheit ihrer *geschichtsphilosophischen* Ansichten; sehen wir uns daher diese verschiedenen
Lösungen näher an. Herders Sinn für das Wirkliche, Lebendige
zieht seine Aufmerksamkeit auf jedes einzelne Wesen mit seinem
individuellen Charakter; zugleich aber treibt ihn seine Begeisterung für das Ideal, in diesem Einzelnen dem Allgemeinen,
dem Idealen nachzuspüren — aus dem Individuellen wird auf
das Allgemeine geschlossen, und wiederum dient dieses auf
zweitem Wege erlangte Allgemeine zum Massstab des Individuellen; der personifizierte Pantheismus Herders kehrt in sich
selbst zurück.[1] Und dieses ewige Zurückkehren in sich selbst,
dieser unendliche Kreislauf des Denkens ist vielleicht das ewige
Schicksal derjenigen Methode, welche, zum Behuf leichterer
Vermittlung des Allgemeinen mit dem Besondern, sie auf einer
gemeinsamen Grundlage aufbaut — sei es auf der der einzelnen
Erfahrung, oder auf der des verallgemeinernden Denkens.
Beide Entwicklungen dieser scheinbar einheitlichen Methode,
nur ins Extreme getrieben, giengen der Kantischen Reform
voraus; er schied das Allgemeine vom Besondern und führte sie

---

[1] Metakritik, S. 24. 202, 207; Ideen, S. 344.

auf einen prinzipiellen Unterschied der menschlichen Vermögen
zurück: die Erkenntnis *a priori* nahm das *Allgemeine* für sich
in Anspruch, die Erkenntnis *a posteriori* musste sich mit dem
Einzelnen, dem *Individuellen*, begnügen; dadurch aber gewann
auch das Kantische Apriori eine lebendigere Gestalt, der abstrakte Unterschied der Erscheinung und des Dinges an sich
wurde zum konkreteren des Individuums und des Subjekts, und
dieser noch immer metaphysische Unterschied wurde wiederum
zum rein naturwissenschaftlichen von Individuum und Gattung.
Auch diesmal löst Kant das Problem durch einen entscheidenden
Schritt, während Herder seine Schwierigkeit in einer naiv-realistischen Weise wegzudisputieren sucht.

Um beide Problemstellungen besser beurteilen zu können,
sehen wir sie uns näher an, so wie sie sich in den geschichtsphilosophischen Ansichten Kants und Herders zu einem System
entwickelt haben.

Für Herder ist der Mensch nur Individuum, das einzelne
Wesen mit seinem jeweiligen Charakter nur ein Tier unter anderen
Tieren; demgemäss ist der Mensch ein Stück Natur, ein einzelnes Glied des Universums.[1]) Kant hingegen scheidet, wie
wir gesehen haben, den menschlichen Geist von der Natur:
durch seinen sinnlichen Charakter gehört der Mensch als Individuum noch zur Natur, aber durch seinen Geist, als Subjekt, ist er ein
Vernunftswesen. Bei Herder ist daher die Geschichte der Menschheit ein Stück der Naturgeschichte,[2]) bei Kant ist sie eine Freiheitsgeschichte. Scheinbar hat darin Herder vor Kant den Vorzug der konkreteren Gestalt und der grösseren Fassbarkeit seiner
Ansichten; noch mehr scheint Herder diesen Vorzug zu besitzen,
indem er, die Menschheitsgeschichte natürlich erklärend, auch ein
natürliches Band derselben nachweist; sein menschliches Individuum stösst im Leben auf andere Individuen — die *sociale*
Einheit steht vor uns; ihre Gesetze sind nach Analogie der
Natur nachweisbar.[3]) Kants Freiheitsgeschichte entbehrt dieses
Vorzugs, ihre Gesetze sind nicht den Naturgesetzen analog, und
können nicht aus den Erfahrungswissenschaften geschöpft werden;

---

[1]) Ideen, S. 31, 68; Humanitätsbriefe, Bd. XXVII, S. 113, 115.

[2]) Ideen, S. 37, 62. 347; Humanitätsbriefe, Bd. XXVII, S. 115, 122;
Bd. XXVIII, S. 116, 246.

[3]) Ideen, S. 159, 346; Humanitätsbriefe, S. 116.

das einzige Band seiner Geschichte ist nicht das äussere Zusammentreffen vereinzelter Individuen, sondern die innere Gemeinschaft der menschlichen Subjekte; die Geschichte bildet bei
ihm eine *moralische* Einheit und erweitert sich zum Begriff
der *Menschheit*, während Herder bei der Auffassung der menschlichen Gattung als socialer Gruppe einzelner Individuen stehen
bleibt.

Was in der auf natürlicher Grundlage gebauten Geschichtsphilosophie Herders vollständig fehlt, ist ein ethischer Freiheitsbegriff; die Gesetze, welche sie feststellen kann, sind daher tierisch
und nicht rein ethisch. Kant sah ein, dass diese rein ethischen
oder — sagen wir besser — menschlichen Gesetze nur in einer
Freiheitsgeschichte möglich sind, und daher ist seine Geschichtsphilosophie auf den Begriff der Freiheit gebaut; er sah aber
zugleich, dass die Gesetze der Freiheit, trotzdem sie für unser
praktisches Bedürfnis unentbehrlich sind, auf dem Erkenntnis-
wege nicht bestimmt werden können, eben weil sie *Freiheitsgesetze* sind. Daher ist auch das Prinzip seiner Geschichtsphilosophie kein erkennendes oder naturwissenschaftliches, sondern ein bloss regulatives oder bestimmendes. In seiner Geschichtsphilosophie will er nicht den wirklichen ethischen Fortschritt der Menschheit nachweisen und feststellen, sondern denselben nur als „Richtschnur für den betrachtenden Denker"
hinstellen. Mir scheint diese seine Ansicht auf das bedingte
Recht der Geschichtsphilosophie eine entscheidende zu sein.
Dass dieselbe im Vergleich mit Herder das Recht behält, wie
wir es bald sehen werden, ist zwar noch kein gültiger Beweis
ihrer Richtigkeit; man könnte ja einwenden, dass es einem
andern, konsequenteren Denker, Darwin, gelungen ist, den
Fortschritt der Entwicklung im Menschen wie auch im Natur-
leben nachzuweisen, ohne den Menschen aus dem Reiche der
Natur ganz auszuscheiden. Man muss aber dabei nicht vergessen, dass während es Darwin nur um die technische, nur
um die *positive* Vollkommenheit zu thun ist, Herder und Kant
die *sittliche* Vollkommenheit der Menschheit behandeln, eine
Vollkommenheit, die uns selbst als Verdienst angerechnet werden
kann, und auf die wir mit gerechter Genugthuung eines Erwerbers

---

[1] Humanitätsbriefe, Bd. XVIII, S. 118, 122.

und nicht mit sinnlosem Stolz eines reichen Erben zurückschauen dürfen. Der Unterschied zwischen Herder und Darwin ist darum nicht nur ein quantitativer der grösseren oder kleineren Konsequenz des Denkens, sondern auch ein qualitativer der ganzen Problemstellung. Darwin sucht und findet einen *biologischen* Fortschritt; Herder hingegen möchte einen *ethischen* Fortschritt nachweisen, und es gelingt ihm nicht. Zwar sucht auch Kant einen ethischen Fortschritt nachzuweisen, aber dieser erscheint ihm nicht als eine auf natürlichem Wege bewiesene Erfahrungsthatsache, sondern nur als ein a priori in unserem praktischen Bedürfnis (Glaube an das höchste Gut und Hoffnung auf seine Erfüllung) gegebenes teleologisches Prinzip, welches nur regulativ und nicht constitutiv wirken soll. „Damit soll die Bearbeitung der eigentlich bloss *empirisch* abgefassten Historie", steht es im Kantischen geschichtsphilosophischen Aufsatz, „gar nicht verdrängt werden, das ganze soll vielmehr ein Gedanke sein von dem, was ein philosophischer Kopf zur Rechtfertigung der Natur versuchen könnte." Der Unterschied zwischen Herder und Kant besteht darin, dass der erstere einen wirklich objektiven Fortschritt der Moral nachweisen will, während der letztere diesen Fortschritt nur als ein subjektiv gültiges Prinzip hinstellt.

Sehen wir uns die speziell geschichtsphilophischen Ansichten Herders an, wie sie durch diesen seinen personifizierten Pantheismus bedingt sind: zunächst das Endziel seiner Geschichte, die *Bestimmung* des Menschen oder die Humanität. Wir haben schon bei der Betrachtung seiner Moral gesehen, dass seine auf natürlichem Wege abgeleitete Humanität kein absoluter, kein rein ethischer Begriff sein könne, und dass sie bei ihrer individualistischen Grundlage eines allgemeinen Kriteriums entbehre. Dass bei Herders eudämonistischer Moralauffassung die Bestimmung der Menschheit mit ihrer *Glückseligkeit* zusammenfloss, soll, scheint mir, eben so wenig Wunder nehmen, als dass bei seinem Individualismus die *individuelle* Vollkommenheit zum Kriterium und die individuelle Glückseligkeit zum Zweck der Geschichte wurde.[2] Und nun der dritte Fehler seiner Ge-

---

[1] Ideen, S. 338, 341, 342, 350.
[2] Ideen, S. 333, 341, 345; Humanitätsbriefe, Bd. XVII. S. 113. 115. Auch eine Philosophie, S. 505, 509.

schichtsphilosophie, ein Fehler, den Herder, wie mir scheint,
mit jeder auf natürlichem Wege construierten Geschichtsphilosophie teilen muss: ist nämlich die Geschichte in den Gesetzen
der Natur streng bedingt, so hat auch jede ihrer Entwicklungs-
phasen ihre Berechtigung in sich selbst, eine jede ist in ihrer
Art vollkommen, denn die Natur, abgesehen von den menschlichen in sie hineininterpretierten Begriffen, kennt kein *besser* und
kein *schlechter*, sie kennt keinen Fortschritt, sondern nur einen
Fortgang, ein Wachstum. Der wahre Fortschritt besteht darin,
schreibt Herder im Widerspruch gegen Iselins Fortschrittsge-
schichte, dass das eine Zeitalter auf einem andern fusst, und
ein anderes vorbereitet, dabei aber einen Zweck in sich selbst
hat. Wie der Baum in allen seinen Wachstumsperioden, so ist
auch der Mensch in allen seinen Lebensstufen, so ist auch die
Menschheit in allen ihren Zeitaltern Selbstzweck. [1])

So scheitert die natürliche Geschichtsphilosophie Herders
an drei Klippen: ihr fehlt ein Kriterium (das Individuum kann
kein Kriterium der allgemeinen Geschichte abgeben); ihr fehlt
ein festes, absolutes Ziel (die Glückseligkeit hat in einer rein
sittlichen Wissenschaft keinen Platz); ihr fehlt endlich ein
Fortschritt, denn ein Fortschritt setzt schon ein Absolutes, als
sein Ziel, voraus.

Sehen wir uns jetzt die Geschichtsphilosophie bei Kant
an. Mit seiner unbedingten Freiheit, mit seiner strengen Moral
ist auch seiner Geschichtsphilosophie ein Ziel gesteckt: es ist die
Verwirklichung des Ideals, die Erhebung des Individuums zum
Subjekt, der Natur zur Freiheit. Diese letztere ist nur in der
ganzen menschlichen Gattung möglich, die allein die Vernunft
repräsentiert; das Kriterium der Kantischen Geschichtsphilosophie ist die Menschheit und das Mass, in welchem sie ihre
Bestimmung erfüllt, und nicht das Individuum mit seiner Glückseligkeit. Bleiben wir einen Augenblick bei dem eudämonistischen Element der Geschichtsphilosophie stehen. Bei Herder
ist dasselbe durch seine Humanitätstendenz bedingt, die ihn
dazu zwingt, das Einzelne nicht nur als Mittel, sondern als
Selbstzweck zu betrachten; in dieser Forderung stimmt er ja

---

[1]) Auch eine Philosophie, S. 489, 511, 554; auch Ideen, S. 342;
Humanitätsbriefe, S. 113.

auch mit Kant überein, nur dass sie für Kant ein blosses Postulat der praktischen Vernunft, für Herder ein Naturgesetz ist. Nicht nur soll der Mensch seine Mitmenschen human behandeln, sondern er wird auch von der Natur human behandelt; seine Glückseligkeit ist der Zweck der Natur, der gütigen Vorsehung („Ideen" S. 341); man kann nicht läugnen, dass diese naive Uebertragung der menschlichen Humanität auf die ganze Natur und die darauf gebaute Glückseligkeitstheorie ziemlich unphilosophisch sind; zugleich aber darf man nicht vergessen, dass auch Kants Geschichtsphilosophie die Glückseligkeit nicht ausschliesst: das Gefühl, dass wir unsere Bestimmung erfüllen, indem wir für das Wohl der später kommenden Generationen arbeiten, ist für einen sittlich geschulten Menschen eine vollständige Genugthuung für seine physischen Mühen. „Wenn nicht das Schattenbild der Glückseligkeit, das sich ein jeder selbst macht", sagt Kant in der Recension der „Ideen", „sondern die dadurch ins Spiel gesetzte Thätigkeit und Kultur, deren grösstmöglicher Grad nur ein Werk der Menschen selbst sein kann, der eigentliche Zweck der Vorsehung wäre, so würde jeder einzelne Mensch das Mass *seiner Glückseligkeit in sich* haben, ohne im Genuss derselben irgend einem der nachfolgenden Glieder nachzustehen; was aber den Wert nicht ihres Zustandes, sondern ihrer Existenz selber betrifft, so würde sie nur hier allein eine weise Absicht im ganzen offenbaren".

Besteht der Fortschritt der Kantischen Geschichtsphilosophie in der ewigen Verwandlung der Naturgesetze in Freiheitsgesetze, so erwächst daraus eine Schwierigkeit, die die Herder'sche natürliche Geschichte vermeidet: wie kann man für eine *Freiheitsgeschichte Gesetze* aufstellen, wo kann man ein Band zwischen der bedingten Natur und der unbedingten Freiheit finden? Herder ist viel besser dran; ihm sind die Gesetze der Geschichte in der Natur selbst gegeben („Ideen", IV. Buch), das Band der Geschichte findet er in der Tradition („Ideen" S. 347); es scheint, als ob Herder hier die Oberhand gewinnen sollte; mit seiner Auffassung der Menschheitsgeschichte als Freiheitsgeschichte, scheint Kant einen Abstand zwischen seinem idealistischen und jedem realistischen System zu legen, sei es nun dem naiven Systeme Herders oder dem wissenschaftlichen Darwins. Betrachten wir aber beide Lehren genauer, und dieser Abstand verschwindet: nicht der Kan-

tische, sondern eher schon der Herder'sche Standpunkt widerspricht dem modernen biologischen: indem Kant als Repräsentanten seiner intelligiblen Freiheitsidee die Gattung hinstellt,
trifft er in diesem für ihn wie auch für den Naturforscher aus-
schlaggebenden Begriff mit dem letztern zusammen; noch näher
kommt er dem englischen Forscher, indem er die Kultur als das
einzige Mittel des Fortschritts betrachtet, und wiederum indem
er das Fördernde in der Kultur im Antagonismus der Kräfte
sieht. Herder hingegen, welcher in seinen Einzelausführungen
die Ergebnisse der modernen Biologie vorauszuahnen scheint,
entfernt sich wiederum von ihr immer mehr und mehr; zwar
erinnert seine genetische Kraft an die Erblichkeit (Ideen S. 273,
278, 303, 308, 329), seine Tradition an die Gesetze der Anpassung
(S. 304, 306, 319), seine klimatische Bedingtheit an die natur-
gemässe Entwicklung (S. 30, 56, 63, 253, 261, 296 ff.), sein
Instinkt an die sich im Kampf ums Dasein entwickelnden Eigenschaften (S. 60, 142), — aber nirgends ringt sich Herder zum reinen
unabhängigen Gedanken durch; seine Tradition trägt den Charakter von göttlichem Unterricht und Erziehung des Menschengeschlechts (S. 345, 347, 349, 252), seine genetischen Kräfte sind
prästabilierte Keime (S. 173, 174, 276, 281), seine klimatische
Bedingtheit eine Art Naturabsicht (S. 268, 293, 298, 320, 338),
sein Instinkt eine Güte der weisen Schöpferin Natur;[1] an dem
sich ausbildenden Werdegedanken bleibt immer etwas vom hergebrachten metaphysischen Substanzbegriff haften.

Was uns endlich auf diesem Gebiete und gerade bei der Her-
anziehung Darwins besonders klar wird, ist ein neuer Fehler des
Herderschen Systems: als einen, wenn auch verworrenen, Monismus haben wir früher seinen Standpunkt bezeichnet; nicht
einmal einen solchen finden wir in seiner Geschichtsphilosophie;
denn ist seine Gegenüberstellung von Kräften und Organen[2]
nicht wiederum ein *Dualismus* der Natur selbst, ein neuer Dualismus, der den alten von Geist und Materie beseitigen soll? Und hat
denn Kant nicht vollkommen recht, wenn er von diesem Standpunkt aus die Herder'sche Hypothese der unsichtbaren Kräfte einen
Kunstgriff nennt, welcher das, was wir nicht verstehen, durch

[1] S. 128, 130, 140, 341, 355.
[2] Ideen, S. 172.

etwas anderes erklären soll, was wir noch weniger verstehen? In welche Irrtümer und Inkonsequenzen Herder durch diesen unbewussten Dualismus verwickelt wird, zeigen am besten seine Beweise der Unsterblichkeit;[1] denn ihr ganzer Fehler besteht eben darin, dass sie von der Stufenleiter der sichtbaren Organe auf eine aufsteigende Reihe unsichtbarer Kräfte schliessen; und hat wiederum dabei Kant nicht recht, wenn er behauptet, dieser Beweis sei ein vollkommen metaphysischer? Wenn Pfleiderer hervorhebt, dass im Grunde beide in dem Unsterblichkeitsglauben übereinkommen, so übersieht er dabei, dass Kants Glaube an die persönliche Unsterblichkeit ein bloss religiöser ist, während derjenige Herders ein naturwissenschaftlicher zu sein beansprucht;[2] wiederum hat daher Kant recht, wenn er bemerkt, dieser Glaube könne sich wohl auf moralische und metaphysische Beweise gründen, aber niemals könne er auf dem naturwissenschaftlichen Wege einleuchtend gemacht werden. So fällt denn der einzige Ausweg, welchen sich Herder für seine Geschichtsphilosophie vorbehielt, hin; der einzige Fortgang, den er als Fortschritt der Geschichte bezeichnet, ist der Uebergang zum höheren Stadium auf der Stufenleiter der organischen Kräfte durch die Unsterblichkeit; Kant war der erste, der das Unwissenschaftliche und Unphilosophische dieser Hypothese nachgewiesen hat.

Sollte es, den beiden Ausgangspunkten unserer Philosophen gemäss, den Anschein haben, dass es für Herder viel leichter sein würde, die Gesetze der geschichtlichen Entwicklung auf der natürlichen Grundlage nachzuweisen, als für Kant auf seinen metaphysischen Voraussetzungen, so finden wir nun, dass beide ihre Rollen wechseln, indem der Naturforscher die Sittlichkeit innerhalb der Natur selbst suchend, in die Metaphysik umschlägt, und indem der Vernunftkritiker seine Freiheitsideale nicht der Natur selbst, sondern seiner *Betrachtung* der Natur voranstellt.

Indem Kant die Hoffnung auf die Erfüllung des höchsten Gutes für den Menschen für bindend erklärt, bekommt für ihn diese Erfüllung, als Postulat der praktischen Vernunft, auch eine praktische Realität; als teleologisches Prinzip verbindet sie so die Welt der Erkenntnis mit der Welt des praktischen Handelns,

[1] Ideen, S. 169.
[2] Ideen, S. 165, 177.

die theoretische mit der praktischen Vernunft, die Erscheinungswelt mit dem Ding an sich, die Naturgeschichte mit der Freiheitsgeschichte. Dieses teleologische Prinzip bekommt seine fassbare, konkrete Form, indem die Menschengattung zu seinem
Träger wird; die letztere verbindet die beiden Seiten des Menschen,
die vernünftige in ihrer Gesamtheit und die sinnliche in ihren einzelnen Gliedern; sie wird auch in zeitlicher Hinsicht dieses
Bindeglied, indem der Mensch als Tier in ihre Vergangenheit,
in den vorkulturellen Zustand verlegt wird, und der Mensch als
vollkommenes geläutertes Wesen, als Ideal jeder Kultur, in ihrer
Zukunft dasteht.

Die Kulturgeschichte wird so bei Kant ein Bindeglied
zwischen Natur und Freiheitsgeschichte; dadurch aber bekommt
die Kantische zur Kulturgeschichte gewordene Geschichtsphilosophie einen realistischen Zug, welcher sie der modernen Sociologie näher bringt. Zu gleicher Zeit entfernt sich Herder von
derselben, indem er, von seinem Individualitätsstandpunkt zu
sehr eingenommen, dem ewigen Werden und Vergehen einen
Endpunkt innerhalb jedes einzelnen Wesens aufstellt, indem er
in seinem *Gleichmass der Kräfte*¹) eine berechtigte Schranke
für die Entwicklung findet. So gelingt es Kant, trotzdem er
von der abstrahierten Freiheitsidee ausgeht, eine richtigere Auffassung zu bekommen, als Herder, welchem dies ja bei seinem
sinnlich fassbaren, natürlichen Ausgangspunkt leichter sein sollte.
Während für Herder die Geschichte nichts mehr als blosse „Kette
der Geselligkeit und der bildenden Tradition" (Ideen, S. 35, 345,
349), und ihr einziger Fortgang der „in immer verjüngten Ge-
stalten aufblühende Genius der Humanität" (S. 353) ist, findet
sie Kant im ewigen Fortgang zu grösserer Vollkommenheit, zu
vollständigerer Freiheit. „Die Philosophie," sagt Kant in seinem
geschichtsphilosophischen Aufsatz, „kann auch ihren Chilliasmus
haben, aber einen solchen, zu dessen Herbeiführung ihre Idee,
obgleich nur sehr von Weitem, selbst beförderlich werden kann,

¹) Ideen, S. 336, 339; Auch eine Philosophie, S. 506. Auch bei
Schiller finden wir diese Forderung der ungeteilten Einheit des Individuums und des Gleichgewichts der Gemütskräfte („Aesthetische Briefe");
da aber dieses Gleichgewicht den Fortschritt ausschliesst, stellt er es an
den Anfang und an das Ende der Kultur, und schliesst es aus ihr selbst
aus („Naive und sentimentalische Dichtung").

der also nichts weniger als schwärmerisch ist." Von diesem
Standpunkt aus zerfällt ihm die Geschichte in drei Perioden: der
Naturzustand; die Kultur oder die auftretende und mit der Natur
streitende Willkür; und endlich die vom Druck der Sinnlichkeit
befreite Sittlichkeit und Vernunft als das Ideal der Kultur. Wir
erkennen in diesen drei Perioden die Keime der poetischen Betrachtung der Geschichte bei Schiller und seiner drei Begriffe
des Naiven, des Sentimentalischen und des Idealischen.

Darin, dass Kant im Naturzustand bloss die erste, vorbe-
reitende Stufe der Geschichte sieht, besteht sein Gegensatz zu
Rousseau, welcher den Naturzustand mit dem Ideal verwechselt.
Dieselbe Verwechslung finden wir auch bei Herder; aus ihr entspringt sein gleiches Interesse für alle Zeitalter und Nationen,
abgesehen vom Grade ihrer Kultur;[1]) aus demselben Grunde
fehlt auch bei Herder eine gerechte Würdigung der Kultur selbst,[2])
wie sie uns bei Kant entgegentritt. Was wir aber bei Herder
am meisten vermissen, ist die Aussicht auf eine vollkommenere
Zeit, auf das Ideal, welches bei Kant als ein Wegweiser der
Geschichte, als das nie erreichbare, wenn auch immer anzu-
strebende Ziel der Kultur da steht. Es ist wahr, dass Kant
gerade in dieser Beziehung, wie Hettner es hervorhebt, gewisse
Vorzüge vor Herder hatte; ein solcher war z. B. sein unvorein-
genommenes Verhältnis zum Staatsleben, welches Herder wirklich
in zu schwarzem Licht erschien („Ideen" S. 340, 383); ein solcher
war auch seine unbefangene Ansicht von der Aufklärung, welche
nicht, wie bei Herder (S. 348, 371), durch die Fehler der damaligen deutschen Aufklärung bedingt war; aber der bedeutendste
und grösste Vorzug Kants war sein klares, systematisches und
folgerichtiges Schliessen, war sein reiner, in sich selbst be-
dingter Gedanke; nur dieser sein Vorzug kann es erklären, wie
er trotz seinen apriorischen geschichtsphilosophischen Ansichten
den Ergebnissen der modernen Sociologie näher kommen konnte,
als derjenige Begründer der Geschichtsphilosophie, welcher in
einzelnen seiner Ausführungen eine überraschende Aehnlichkeit
mit dieser jüngsten Wissenschaft aufweist. Während Kant gerade
in seinen Ansichten von der Kultur und ihrer Bedeutung ein

---

[1]) Ideen, S. 348; Humanitätsbriefe, Bd. XVIII., S. 237, 248.
[2]) Ideen, S. 371, 372.

direkter Vorläufer Bucklés zu sein scheint, schauen die ethisch-metaphysischen Betrachtungen Herders eher in die Vergangenheit als in die Zukunft, eher auf einen St. Pierre und J. J. Rousseau zurück, als auf die Sociologie unseres Jahrhunderts hinaus.

Wenn wir uns fragen, wie konnte Kant, trotzdem er einen *ethischen* Fortschritt suchte, auf realem, festen Boden bleiben, scheint mir darauf nur eine Antwort möglich zu sein: dieser Fortschritt ist für Kant ein blosses teleologisch-regulatives Prinzip, und nicht eine metaphysische Hypothese oder eine Erfahrungsthatsache; sein Glaube an diesen Fortschritt ist weder ein empirischer, noch ein metaphysischer (wie in der Geschichtsphilosophie Herders), sondern bloss ein *moralischer*.

5. Entwicklungslehre.

Dieser Gedanke des Fortschritts und die mit ihm verbundene teleologische Weltanschauung führen uns auf ein neues Gebiet — auf die *Entwicklungslehre* beider Philosophen. Herdern selbst erschien der transcendentale Idealismus Kants als direkter Gegensatz der Entwicklungsgeschichte; daher stellt er auch den kantischen „leeren Kategorien und Anschauungsformen" seine lebendigen und wirkenden Kräfte entgegen; daher bekämpft er auch Kants Begriffe von Raum, Zeit und Kausalität, als erst vom Menschen in die Welt hineingebrachte metaphysische Formen, die ohne ihn keine Existenz hätten, um an ihre Stelle seine der Welt immanenten, wirkenden, aus sich selbst und ohne jedes menschliche Zuthun sich entwickelnden Naturkräfte zu setzen. Dasselbe Verhältnis zwischen Herder und Kant erblicken auch einige neuere Verteidiger des ersteren, [1] und andererseits wird derselbe Einwurf von Neuem gegen Kant erhoben. Und in der That scheint beim ersten Anblick die Kantische Unterscheidung von Erscheinung und Ding an sich jede Möglichkeit der Erforschung der Natur und mithin auch ihrer naturgemässen Entwicklung auszuschliessen. Wenn wir uns andererseits daran erinnern, dass der Entwicklungsgedanke der grösste und tiefste Gedanke Herders war, wenn wir bedenken, dass dieser einzige Gedanke, in Herders Naturell begründet, auf alle seine Geistesprodukte einen unvergänglichen

---

[1] So Pfleiderer, Böhmer, Bärenbach.

Stempel legte, so entsteht in uns die Hoffnung, in diesem Punkt
wenigstens könne und werde unser Denker den Sieg davon
tragen. Lesen wir ferner solche Auszüge rein naturwissenschaftlichen Charakters, wie Pfleiderer, Böhmer oder Bärenbach aus
seinen Schriften gemacht haben, so werden wir in dieser unserer Hoffnung noch mehr bestärkt. Nehmen wir aber Herders
Werke in ihrem ganzen Umfange, so werden sich auch ganz
entgegengesetzte Aeusserungen Herders nicht wegreden lassen.
Und wenn sogar Bärenbach, der Herder zu einem direkten Vorläufer Darwins und Häckels stempelt, in den ,Ideen' „Stellen
begegnet, in denen der Dichter den Denker und Forscher über-
wältigt hat", und sie dadurch wegzudisputieren sucht, dass er auf
andere hinweist, „welche die reinste Krystallisation der Darwin-
schen Lehre zeigen", so könnten wir ja den Satz umkehren,
und die letzten Sätze durch die ersteren wegräumen. In Wirklichkeit aber lassen sich weder die einen, noch die anderen
läugnen; man muss den Denker nehmen, so wie er war und
nicht so, wie er nach unserer Meinung sein sollte; mit einer
Hineininterpretierung moderner Standpunkte der Wissenschaft
erweist man auch unserem Philosophen keinen guten Dienst,
denn dann tritt das Widersprechende seiner Aeusserungen nur
mit doppelter Stärke hervor, und dasjenige, was bei unvoreinge-
nommener Betrachtung als relative Wahrheit erschien, erscheint
jetzt als unverzeihliche und unerklärliche Inkonsequenz. Kehren
wir daher zur Persönlichkeit Herders selbst zurück, so finden
wir für diesen, vom wissenschaftlichen Standpunkt aus nicht
zu beseitigenden, Widerspruch eine Erklärung, welche ihn von
der rein *menschlichen* Seite aufhebt; wir finden diese Erklärung
in Herders Naturell, in welchem der Wissensdrang, das uner-
müdliche Forschen auf so wunderbare Weise mit der hemmenden
Sucht der Befriedigung des Gemütes zusammentraf, in welchem
das Denken und das Fühlen, diese beiden Pole der menschlichen
Natur, die liberale und die konservative Seite derselben, so eng
mit einander verbunden waren, und so beständig ein Jedes die
Herrschaft über das Andere führen wollte.

Wie dieser sonderbare Zusammenhang auf Herders geistige
Thätigkeit gewirkt und die Ausarbeitung seines Entwicklungs-
gedankens bedingt und zugleich gehemmt hat, haben wir schon
gesehen. Eine reine Entwicklungstheorie, die das ewige Werden

in der Natur betrachtet, und weder vom betrachtenden Geiste, noch von äusseren in sie willkürlich hineingebrachten Gesetzen abhängt, kennt weder von vorneherein aufgestellte Zwecke, noch bestimmte Schranken, noch gewisse menschlichen Absichten; sie ist ewig, wie die Natur selbst; ihre Gesetze und ihre Zwecke sind nicht ausser, sondern *in* ihr selbst. Je unabhängiger von jedem teleologischen Ausdeuten, je freier von jedem menschlichen Bedürfnis, desto gesicherter ist sie vor jedem Wandel der Zeit, desto grösser ist ihr Anteil an der Wahrheit. Eine solche Entwicklungstheorie fordert von ihrem Träger absolute Freiheit des Gedankens; sie fordert, dass der Forscher alle Bedürfnisse seiner Natur im Zaume halte, ohne seinem Denken irgend welchen Zwang aufzuerlegen. Der tief empfindende Gemütsmensch Herder war nicht der gegebene Mann dazu; wohl betrachtete er mitfühlend jedes Entstehen und Vergehen, aber eben daher konnte er dabei, zu sehr von seinem Gefühl beherrscht, nicht unparteiisch verbleiben; wohl war er ein liberaler Forscher, insofern er keine Vorurteile *bewusst* besass, aber desto grösser war seine Abhängigkeit von solchen fast allgemein menschlichen Vorurteilen, von welchen er sich keine Rechenschaft gab. Der Fehler seines Liberalismus besteht darin, dass er nur in seinem Gemüt und nicht in der Kraft seines Denkens begründet war.

Wie ernst auch Herders Streben, das ewige Werden unvoreingenommen zu beobachten, sein mag, so kann er doch nie von Zwecken absehen, und zieht sie, vielleicht auch unbewusst, bei jedem Entstehen und Vergehen herbei. In der Gestalt der Erde ("Ideen", S. 42, 45), in den Formen der Erdorganisation ("Ideen", S. 49), in den Gesetzen des Pflanzenreichs ("Ideen", S. 52, 98), wie auch des Tierreichs ("Ideen", S. 60, 83, 132, 140, 168), ja sogar im allgemeinen Kampf ums Dasein ("Ideen", S. 61, 178; Bd. XVIII, S. 118), und endlich am meisten in der Organisation des menschlichen Körpers ("Ideen", S. 69, 114, 119, 127), sieht Herder nichts anderes als Zwecke der gütigen Vorsehung. Die ganze Naturgeschichte ist ihm eine grosse Erziehungsanstalt, deren Leiterin die Künstlerin Natur ist ("Ideen", S. 86, 104, 333; auch Bd. XVII, S. 120, Bd. XVIII, S. 246, Bd. V, S. 513). Mit prophetischem Blick stellt Herder die erhabene Synthese der ganzen Natur in seiner Stufenleiter der Wesen auf; der Mensch

ist nach ihm nichts weiter als das letzte Glied in der grossen
Reihe der Wesen, welche ihm vorangegangen sein mussten
(„Ideen", S. 70, 401); nun kommt er zur näheren Bestimmung des
Menschen und trennt ihn von der übrigen Natur nicht nur
ethisch, sondern auch physisch („Ideen", S. 109, 112, 127, 141,
257, 405, 435 etc.) und ernennt ihn sogar zum Herrn der Erde
(„Ideen", S. 272, 425). Der Mensch ist Produkt der Erde, heisst
es in den ersten Büchern der „Ideen" (S. 31), „ein Bruder aller
Erdorganisationen", aber plötzlich erwacht wieder das alte Vor-
urteil, als ob der Mensch der Zweck der Schöpfung sei, und nun
erklärt Herder, die Erde sei um des Menschen willen so und
nicht anders von der Vorsehung geschaffen („Ideen", S. 42, 45).
Der Zweck der Herderschen Geschichtsphilosophie ist, nachzuweisen, dass wir eigentlich nicht Menschen *sind*, sondern Menschen *werden* („Ideen", S. 351); nun aber kommt Herder zu seiner
Humanität und erklärt sie für eine „Uranlage des Menschen"
(„Ideen", S. 395). Diese am meisten in die Augen springenden
Inkonsequenzen der Herderschen Entwicklungslehre zeigen
so recht ihren Doppelcharakter.

Weil Herder selbst der vielseitigste Vertreter des Lebens
war, liebte er dasselbe so innig und verfolgte es so aufmerksam;
weil er aber zugleich mit der Vielseitigkeit des Lebens auch
seine individuelle Beschränktheit in sich trug, vermochte er nicht,
es in seinem ganzen Umfang unvoreingenommen und unparteiisch zu beurteilen. Als ein grosser Vorkämpfer für die ent-
wicklungsgeschichtliche Forschung, sie mehr instinktiv ahnend
und prophetisch voraussehend, als bewusst durchdenkend und
konsequent durchführend, steht er an der Grenze der beiden
Epochen der Wissenschaft, der alten metaphysischen und der
modernen naturwissenschaftlichen; zu beiden zieht ihn sein
Naturell und von beiden fühlt er sich zugleich in ihrer konsequenten Durchführung abgestossen; wie ein neuer Prometheus
sucht er die Unmündigkeit der Menscheit aufzuheben und ihr
das Feuer der Denkfreiheit vom Himmel herunterzuholen; aber
bei ihm gesellen sich zu den Qualen des griechischen Helden
noch die des inneren Zweifels, des tiefen Zwiespalts; er ist
zugleich von den Göttern, von der Menschheit und von sich
selbst zu dem „schlimmsten Selbstmord verurteilt, dem Selbstmord des ewigen Zweifels".

Sehen wir uns jetzt die Entwicklungslehre an, wie sie
sich bei Herders Gegner ausdrückte. Herder hatte Unrecht, indem er das System Kants als Hemmung für die freie Forschung
und für den Fortschritt der Naturgeschichte betrachtete; er hatte
Unrecht, indem er einen Widerspruch zwischen der transcendentalen Philosophie und dem Entwicklungsgedanken fand,
denn der transcendentale Idealismus führt nicht von der Erfahrung ab, sondern weist im Gegenteil auf sie hin. Die Entwicklungstheorie, sofern sie das *empirische* Werden einschliesst,
sofern sie sich mit den blossen Erfahrungsthatsachen begnügt,
ist von dem transcendentalen Idealismus eben so wenig ausgeschlossen, wie jede wissenschaftliche Betrachtung überhaupt. Sind auch die Gesetze, nach welchen wir die Natur beurteilen, transcendental-ideal, so sind sie zugleich auch empirisch
real, mit anderen Worten, sie sind für uns eine Denknotwen-
digkeit, und als solche haben sie für uns Menschen einen ebenso
bindenden Zwang, als ob sie Seinsnotwendigkeit wären. In
diesem Sinne scheint mir Kant mit der Entwicklungslehre nicht
nur in keinem Widerspruch zu sein, sondern im Gegenteil sie gegen
alle Angriffe von der skeptischen Seite zu schützen. Nun könnte
aber dagegen geltend gemacht werden, dass die Entwicklungslehre auf blosse Thatsachen nicht angewiesen werden kann, da
ja dasjenige was sich entwickelt, sich zu Etwas entwickeln
muss, und dass sie daher das empirische Element mit dem teleologischen verbinden soll; da aber die theoretische Teleologie im
eigentlichen Sinne aus dem Kantischen System ausgeschlossen
ist, so könnte es den Anschein haben, als ob mit ihr auch die
Entwicklungsgeschichte ausgeschlossen wäre. Mir scheint aber
diese Forderung des teleologischen Elements nur eine bedingte
Berechtigung zu haben; tritt sie nämlich mit dem Anspruch auf
absolute Gewalt auch in der Naturwissenschaft auf, so fördert
sie nicht mehr ihren Fortschritt, sondern hemmt ihn nur.

Wir haben bei Herder gesehen, wie das Streben, aus der Beobachtung des uns Zugänglichen, Beschränkten, auf Weltgesetze zu
schliessen, seine Entwicklungslehre zu einer bloss willkürlichen In-
terpretierung der Natur gemacht hat. Vorsichtiger geht Kant mit
dem Problem um, und ihm gelingt es, dieser grössten Schwierigkeit der Naturwissenschaft, des richtigen Gebrauchs des teleologischen Prinzips, Herr zu werden: das letztere ist für ihn

nämlich kein konstituitives, sondern bloss ein *regulatives,* heuristisches Prinzip; es giebt uns keine wirklichen Weltgesetze, sondern nur Gesetze, an welche wir, durch unsere menschliche Natur dazu gezwungen, uns halten müssen.

Es ist wahr, dass Kant auch eine Teleologie im eigentlichen Sinne, als Theorie der *Endzwecke* zulässt, aber diese gehört nach ihm nicht mehr in unsere Erkenntniswelt, sondern nur „in die reflektierende Urteilskraft," sie dient „zur blossen Beurteilung der Erscheinungen, denen die Natur nach ihren besonderen Gesetzen als unterworfen gedacht werden *könnte* und nicht zur Ableitung ihrer Produkte von ihren Ursachen". Das Motiv der wahren Teleologie ist nach Kant bloss praktisch, wie es ja auch ihre Zwecke sind; eben daher aber darf und kann sie nichts mit der Erkenntnis zu thun haben; auch ist die Entwicklungstheorie in dem Sinne, in welchem sie bei Kant die Natur- und Freiheitsgeschichte verbindet, nämlich als allmählicher Fortschritt der ersteren zur letzteren, nichts mehr als ein blosses Postulat der praktischen Vernunft, und wenn sie auch als solche nie aus den Augen verloren werden soll, so darf sie doch nicht unsere freie Forschung beeinträchtigen und beeinflussen. Diese Scheidung des theoretischen und des praktischen Elements in der Entwicklungslehre · scheint mir von so fundamentaler Bedeutung zu sein, dass sie allein im stande wäre, alle Uebertreibungen der letzteren zu verhindern und dieselbe auf das wahre Feld ihrer Thätigkeit anzuweisen.

Diese Kantische Scheidung des Wissens und des Handelns, des Wahren und des Guten, war derjenige Punkt, welcher bei Herder am meisten Anstoss erregte; und auch jetzt gehört sie zu denjenigen Seiten des Kriticismus, welche noch immer Bedenken hervorrufen. Diese Scheidung wird in der Theorie des Schönen bei Kant aufgehoben, an die Stelle der Kluft zwischen dem Praktischen und dem Theoretischen tritt ihre Einheit. Und so führt uns die Betrachtung der philosophischen Systeme unserer Denker auf das letzte Gebiet, auf welchem sie zusammentreffen, auf ihre Aesthetik.

6. Aesthetik.

Auf keinem Gebiet scheint mir ein entscheidendes und gerechtes Urteil über das Verhältnis beider Denker so schwer

zu sein, wie gerade in der Aesthetik; der Wert der Herder'schen
Aesthetik wird im Verhältnis zu der Kantischen so verschieden
angeschlagen, dass man schon durch diese Thatsache geneigt
sein möchte, die Verschiedenheit der beiden Philosophen gerade
auf diesem Gebiete mehr als auf allen anderen auf zwei radikal
entgegengesetzte Auffassungen der Aesthetik zurückzuführen.

In der *theoretischen* Philosophie war es der Unterschied
der sinnlichen Wahrnehmung und der philosophischen Abstraktion, des wirklichen Lebens und des sich über dasselbe erhebenden
Gedankens, welcher uns die Uneinigkeit der beiden Denker
erklärte; in der *praktischen* war es der Unterschied der gewöhnlichen Lebensweisheit und der hohen philosophischen Ethik,
der alltäglichen Sittlichkeit und der erhabenen, kaum erreichbaren
Moral. Jetzt, auf dem Gebiet des *Schönen*, ist es ein ähnlicher
Unterschied; Herder, selbst Dichter und feiner Kunstkritiker,
ein seltener Kenner der Musik und der Bildhauerei, Herder
spricht von der Poesie als Dichter, von der Plastik als Bildhauer,
von der Musik als Musiker, er urteilt über die Kunst wie ein
Künstler; wir finden bei ihm ein feines Verständnis und ein
empfängliches Gefühl für ihre Schönheiten, eine nähere Bekannt-
schaft mit ihren Arten und ihren Theorien, aber zugleich auch
eine Voreingenommenheit für dasjenige, wofür er von der Natur
mehr Sinn hat; zugleich ein Befangensein von seinem jeweiligen
Standpunkt, zugleich eine allzu grosse Abhängigkeit vom empirischen Eindruck der einzelnen Werke; das Urteil über die Kunst
überhaupt wird oft durch das gegebene Kunstwerk und seinen
Eindruck beeinträchtigt: das Absolute wird zu sehr durch das
Individuelle verdunkelt.

Anders verhält es sich mit Kant. Ob auch er von der Natur
besonderen Sinn für die schönen Künste hatte, ob die einzelnen
Kunstwerke, vor allem musikalischer Art, ihm einen besonderen
Genuss darboten, und ob man seinem Urteil über einzelne Erscheinungen der Kunst und über die empirische Anwendung der
Kunsttheorien vertrauen konnte, das scheint mir mehr als zweifelhaft zu sein; aber vielleicht eben darum, weil er für keine Kunst
besonders eingenommen war, konnte er sie alle unparteiisch
beurteilen. Ohne von einem besonderen individuellen Schönheits-
sinn geleitet zu werden, war er in seinem Urteil über das Schöne
auf das *allgemein Menschliche* angewiesen; frei von allen künst-

lerischen Sympathien und Antipathien, konnte er von der Höhe
seiner Abstraktion das Gesamtfeld der Schönheit gerechter beurteilen und, was noch wichtiger ist, sein Gedanke, frei von
jedem Einfluss eines zersplitterten Gefühls, konnte seine Kunsttheorie zu einer Einheitlichkeit erheben, welche bei einem praktischen Künstler durch seine individuelle Stellung beeinträchtigt
wäre. Dass Kant trotz dem Mangel an empirischem Material eine
Kunsttheorie aufgestellt, welche bis jetzt ihre Gültigkeit nicht
verloren hat, scheint mir desto mehr ein Beweis seines Genies
zu sein, da eine solche abstrakte Betrachtungsweise, wie die
seinige, der Gefahr des leeren Spekulierens ausgesetzt ist.

Das Problem, vor welches beide Denker mit diesen Vorzügen
und Nachteilen treten, ist die Definition der Schönheit; die grosse
Schwierigkeit dieses Problems besteht darin, dass eine feste, von
Zeit und Land unabhängige Definition des Schönen im Widerspruch mit dem wandelbaren und immer wechselnden Geschmack
steht. In der ganzen Kunstgeschichte bemerken wir ein ewiges
Schwanken zwischen beiden Seiten der Kunst; bald ist es die
absolute Schönheit und, als ihr empirischer Ausdruck, die festen
Kunstregeln, bald die freie Schönheit mit der ihr entsprechenden
grösseren Entwickelung der Individualität des Künstlers, welche
die Oberhand gewinnt. In der Zeit, in welche die Thätigkeit
Herders und Kants fällt, ist es eher die erste, als die zweite
Erscheinung, welche wir in der Kunst antreffen. Die metaphysische
Schönheitslehre Baumgartens einerseits und der Druck des französischen Pseudoklassicismus mit seinen strengen Regeln andererseits waren diejenigen Kunstrichtungen, welche Herder vorfand,
und im Widerspruch zu welchen er seine Forderung der freien
Kunst, der naturwüchsigen Schönheit, des individuellen Geschmacks
aufstellte. Freilich verliert er auch das Ideal, das Absolute nicht
ganz aus den Augen; schon im „Vierten kritischen Wäldchen"
spricht er von dem „Ideal der Schönheit für jede Kunst, für jede
Wissenschaft, für den guten Geschmack überhaupt", das unabhängig ist von jedem „National-, Zeit- und Personalgeschmack"
(S. 41). Aber umsonst suchen wir nach einem systematisch be-
wiesenen Zusammenhang dieses Allgemeinen und des Besonderen;
dieser Zusammenhang wird mit der Herder'schen Theorie des Einen
in Vielem stillschweigend vorausgesetzt. Aber nehmen wir auch
dieses dogmatische Grundprinzip an, es bleibt doch eine Schwierigkeit

dabei: wo liegt in jedem besonderen Fall das eigentliche und bestimmende Schönheitselement? Ist es eine feste Eigenschaft des betrachteten Gegenstandes oder ein Zug des Betrachtenden?

Es ergiebt sich schon aus der pantheistischen Weltanschauung Herders, dass seine Schönheit eine objektive sein muss, dass er sie in der Natur selbst, als ihr Gesetz, ihr Phänomen, und nicht als blosses Substrat des menschlichen Geistes betrachten muss; es ergiebt sich ebenso von selbst, dass er in der Schönheit einen Ausdruck der Naturvollkommenheit, des individuellen Wohlseins sehen wird; es ist ferner eine strenge Konsequenz seines ganzen naturalistisch angelegten Systems, wenn er von einem „Naturschönen", oder „An sich Schönen" spricht. [1] Unerwartet erscheint schon eher seine andere, beim ersten Anblick der ersteren widersprechende Ansicht von dem „mir Schönen": es ist klar, dass damit ein *individuell* bedingtes Schöne an die Seite des bereits besprochenen *objektiven* Schönen gestellt wird. „Herders Schönheitsurteil," sagt Lotze, „ist mehr als subjektiv, es ist individuell." Sind diese beiden Gedanken wirklich nur verschiedene Abstufungen desselben Begriffs, so liegt freilich zwischen beiden Schönheitsdefinitionen Herders ein ganz unüberbrückbarer Widerspruch, der uns auf eine ausserordentliche Inkonsequenz unseres Denkers schliessen liesse. Aber mir scheinen die Begriffe „individuell" und „objektiv", wenigstens in dem Sinne, in welchem sie bei Herder zu fassen sind, nicht so widersprechend zu sein: in der Herderschen Weltanschauung bildet das Individuum ein dem ganzen Universum vollständig ähnliches Element; der das Schöne betrachtende Mensch ist ebenso ein Stück Natur, wie auch der von ihm betrachtete Gegenstand, sie beide folgen denselben Gesetzen der Schönheit und Vollkommenheit, sie beide wirken und streben nach der einen vollkommenen Vernunft, welche in der ganzen Welt herrscht; das „mir Schöne" richtet sich nach denselben Regeln der ewigen und einzigen Harmonie, die auch das „an sich Schöne" bestimmt: das individuelle Schöne bei Herder ist in keinem Fall mit dem subjektiven Schönen, wie es seit

---

) „Kalligone", S. 47, 51, 62. 67, 70, 77, 103.
[1] S. 34, 76, 96, 103, 104, 115, 207.

Kant als aussernatürliches, nur dem menschlichen Geiste eigenes
Element betrachtet wird, gleichbedeutend; im Gegenteil, es ist
streng objektiv in dem Sinne, dass es innerhalb der Natur und
ihren objektiven Gesetzen seine Wirkungssphäre hat, sei es nun
in der äusseren Welt oder in dem sie *sinnlich* anschauenden
Menschen. Aber ein anderer Vorwurf scheint sich mir von selbst
gegen Herder zu erheben: diese Theorie, [1]) nach welcher das
unseren Sinnen Verwandte sich ihnen assimiliert, setzt schon
eine innere Harmonie des Empfindenden und des Empfindbaren
voraus, einen Begriff, der von Herder dogmatisch behauptet wird.
Zum zweitenmal soll so dieser Begriff die Aesthetik Herders dort
zusammenhalten, wo sie in Widerspruch gerät; das allgemein-
menschliche und das sinnlich-besondere Schöne, und innerhalb
des letzteren das eigentlich objektive und das individuelle Element, sollen in der Harmonientheorie diejenige Einheit finden,
welche durch ihre widersprechende Natur ausgeschlossen ist.

Aber lassen wir auch diese dogmatische Behauptung als
Thatsache gelten — eine innere, feste Einheitlichkeit und strenge
Konsequenz fehlt dennoch der Herderschen Aesthetik. Ist die
Schönheit ein Ausdruck des individuellen Wohlseins, kann nur
das „sich Vollkommene" „mir schön" sein (S. 103—104), ist die
Schönheit „ausdrückend" in dem naturalistischen Sinne, in wel-
chem Herder das Wort gebraucht,[2]) so wird ihre Bedeutung so
sehr erweitert, dass es am Ende schwer fällt, ihr eine bestimmte
Grenze zu ziehen; „sich vollkommen" ist ja die ganze Natur;
die Natur selbst, ohne Beziehung auf den menschlichen Geist,
ist folglich *immer schön;*[3]) das Hässliche existiert nicht. Wenn
Herder auf der anderen Seite erklärt, schön sei nur dasjenige,
was *mir* angenehm ist, was mir gefällt,[4]) so rettet er damit die
Möglichkeit des Hässlichen, aber weil das letztere nur eine individuelle Grundlage, nur ein individuelles Kriterium hat, ist es
auch so schwankend und unsicher, wie es uns in der Herder'-
schen Theorie des Hässlichen erscheint. Das Kriterium der
Schönheit, als Ausdruck des Wohlseins, ist zu allgemein, so
allgemein, dass es die ganze Natur umfasst, und das Kriterium

---

[1]) S. 30, 34, 40, 100.
[2]) S. 77, 115.
[3]) S. 79, 81, 85.
[4]) S. 78.

der Schönheit als individuelle Sympathie ist zu wenig allgemein, so dass es keine feste Formen mehr hat; es ist überhaupt kein zureichendes Kriterium.

So bricht die Herdersche Theorie der Schönheit auf beiden Enden in sich selbst zusammen; sie ist zu individuell, um eine allgemeine Theorie zu bilden, und sie ist zu verschwommen, um den besonderen Fall zu bestimmen. Auch die Harmonie kann diesem Fehler nicht abhelfen, denn sie kann im besten Fall erklären, wie diese beiden, scheinbar widersprechenden Erklärungen bei Herder neben einander ungestört stehen können, aber sie giebt ihnen nicht diejenige Wahrheit, welche ihnen fehlt. Beide Bestimmungen fassen das Schöne als Ausdruck der Vollkommenheit und des Wohlseins auf, sei es des Betrachtenden oder des Betrachteten; in beiden Fällen ist das Schöne *teleologisch;* die teleologische Betrachtung aber ist nur subjektiv zu gebrauchen, und kann eben daher dem Herderschen objektiven Schönen keine genügende Grundlage geben; andererseits aber ist das teleologische Prinzip überhaupt so sehr von dem rein ästhetischen entfernt, dass es, in die Aesthetik eingeführt, dieselbe als besondere Wissenschaft eher vernichten als begründen kann. Mit einem Worte: lassen wir auch die Herdersche Theorie der inneren Harmonie, des festen Zusammenhangs und der Einheitlichkeit der ganzen Natur zu (eine Bedingung, auf welcher seine ganze Aesthetik beruht), so fehlt es auch dann dem Herderschen Schönen an einer festen Definition, an einem allgemeinen, bleibenden Element und endlich an einem gültigen Kriterium.

Wenn aber seine Aesthetik im Vergleich mit ihrem jetzigen Zustand nicht mehr stichhaltig erscheint, so muss man doch nicht vergessen, dass im Verhältnis zu seiner Zeit diese seine Ansichten einen entschiedenen Fortschritt bedeuten. Im Widerspruch zur halb-metaphysischen trockenen Aesthetik eines Baumgarten und zum Formalismus der pseudoklassischen Richtung mit ihrer Vorherrschaft in der Litteratur erscheint der begeisterte Ruf Herders: „kehrt zur Natur und zu ihren natürlichen Aeusserungen zurück!" wie eine erlösende Parole des heranbrechenden freien Zeitalters. Herders Fehler ist es freilich, dass er in diesem seinen Freiheitsdrang nicht Mass zu halten wusste, und in seiner Flucht vor trockenen Schulregeln in das andere

Extrem, der unbestimmten und verschwommenen Naturverherr-
lichung, geriet.

Wie hat aber *Kant* dieses Problem der Aesthetik gelöst?
Die erste Schwierigkeit desselben, die Versöhnung der allgemeinen,
absoluten und der besonderen, veränderlichen Schönheit, beseitigt er dadurch, dass er bloss die erste für das „reine Schöne"
erklärt, während er die letztere als bloss *sinnliche* Erscheinung
der ersteren betrachtet; indem ferner Kant das reine Schöne für
apriorisch erklärt, und bloss das sinnliche an der Schönheit
beteiligte Element für *empirisch* hält (entsprechend der Form
und der Materie der Erkenntnis), löst er auch die zweite
Schwierigkeit; dem eigentlich objektiven Element tritt jetzt nicht
mehr das individuelle (wie bei Herder), sondern das *rein subjektive* entgegen; obgleich beide in jedem einzelnen Phänomen
der Schönheit vertreten sind, so widersprechen sie doch nicht
einander, weil einem jeden von ihnen eine gesonderte Stellung
angewiesen ist; das absolute, unvergängliche, allgemein gültige
Element des Schönen ist vollständig subjektiv, das individuell-
verschiedene, das vorübergehende und dem Zeit- und Volks-
geschmack angepasste ist objektiv. So verbindet eigentlich Kant
beide Seiten der Aesthetik, die absolut wissenschaftliche und die
sinnlich künstlerische, nur dass er, um der Verwirrung beider
zu entgehen, sie zunächst scharf absondert: sich selbst auf die
Erörterung der ersten beschränkend, überlässt er die Behandlung
der zweiten Künstlern vom Fach. Die „anhängende Schönheit"
scheint mir nicht, wie Haym sich ausdrückt (Bd. II S. 701). „nur
hinterher eine Beziehung des Schönheitsurteils zu der eigenen
Bedeutung der Dinge herzustellen," sondern sie ist vielmehr für
Kant eine von vorneherein feststehende Thatsache, welche eben
daher seines Beweises weniger bedarf, als die „reine Schönheit".

Wenn Zimmermann, den Kantischen ästhetischen Subjektivismus bekämpfend, an die Stelle der Harmonie unserer Seelen-
kräfte, als Bedingung des Schönen, die Harmonie überhaupt
stellt, wenn er überhaupt die inneren Verhältnisse unseres Geistes,
auf welche Kant das Wesen der Schönheit zurückführt, durch
objektive Urverhältnisse der Natur ersetzen will, so scheint mir
dadurch die ganze Aesthetik in ihren dogmatischen, vorkritischen
Zustand zurückgeführt zu werden, geschweige denn, dass durch
diese Verwechslung der Kantischen Begriffe, subjektiv und

objektiv, die ganze Reform Kants rückgängig gemacht würde. Lässt man aber dem Kantischen ästhetischen Subjektivismus seine Geltung, wie es z. B. Lotze thut, so gelangt man mit ihm zu einem Schönen, welches seine Berechtigung weder in seiner Nützlichkeit, noch in seiner Annehmlichkeit, sondern nur in seiner von jedem äusserlichen Zwang unabhängigen Form hat, welches nicht an unsere individuell-egoistische, sondern nur an unsere subjektiv-ideale Bedürfnisse angepasst werden muss; daher ist auch das Kantische Schöne frei von jedem sinnlichen Interesse, aber auch von jedem begrifflichen Beurteilen; es ist vollständig unabhängig und in sich allein bedingt, aber zugleich steht es auch in höchster Uebereinstimmung mit unserem Subjekt, in ihm fliesst das Objektive und Subjektive zusammen, in ihm trifft unser Geist mit der Natur zusammen, das Schöne stellt diejenige *Einheit* wieder her, welche das ganze System auf dem Wege der Scheidung vorbereitet hat: „Die Urteilskraft giebt in Ansehung der Gegenstände eines so reinen Wohlgefallens ihr selbst das Gesetz, und sieht sich sowohl wegen dieser inneren Möglichkeit im Subjekte, als wegen der äusseren Möglichkeit einer damit übereinstimmenden Natur, auf etwas im Subjekte selbst und ausser ihm, was nicht Natur, auch nicht Freiheit, doch aber mit dem Grunde der letzteren, nämlich dem Uebersinnlichen verknüpft ist, bezogen, in welchem das *theoretische* Vermögen mit dem *praktischen* auf gemeinschaftliche und unbekannte Art zur Einheit verbunden ist". (Urteilskraft, S. 255.)

So kommen die überall scharf gesonderten Begriffe des Wahren und Guten im Schönen wieder zusammen, und bilden nun eine Einheit, die nicht dogmatisch behauptet wird, sondern als bewiesene Thatsache dasteht.

Den entgegengesetzten Weg nimmt Herder; nachdem er in seinem ganzen System den Widerspruch unserer theoretischen Erkenntnisse und unserer praktischen Ideale geläugnet, nachdem er in seiner ganzen geistigen Thätigkeit nach der Einheit des Wissens und des Wollens gestrebt hat, will er nun jetzt zu der dogmatisch behaupteten Einheit des Wahren und Guten noch ein drittes Element hinzufügen — das Schöne; aber weil diese Einheit nur dogmatisch behauptet wird, ist sie auch so künstlich, so äusserlich und unzusammenhängend; Herders

auf das Wahre und Gute zurückgehende „ausdrückende Schöne"
(S. 322) ist viel weniger rein ästhetisch, als die von ihm ange-
fochtene (S. 318) Kantische „Schönheit, als Symbol der Sittlichkeit betrachtet": denn in letzterer ist das Symbol nur subjektiv zu nehmen, während bei Herder der Zusammenhang ein
wirklicher, ein objektiver sein soll — mithin ein solcher,
welcher nicht bewiesen, sondern nur dogmatisch behauptet
werden kann.

Bei seiner unklaren Auffassung des Schönen gelangt Herder
auch nicht zu einer in sich gerundeten Kunsttheorie; es ist der
Philosoph und nicht der Künstler, welcher der Kunst eine unabhängige, von der Wissenschaft und dem Handwerk gesonderte
Stellung anweist.[1]) Und wenn Kant diese Unabhängigkeit der
Kunst in seinem Begriff des freien, „künstlerischen Spiels" ausdrückt, so entgeht er dadurch gleichzeitig den beiden Gefahren,
welchen die Kunst so oft erliegt: der Trivialität der nüchternen
realistischen Nachahmung der Wirklichkeit und der Geflissentlich-
keit der ideenvollen Reflexion: zwei Extreme, welche beide in der
Herderschen Kunsttheorie einander gegenüberstehen. In der
Polemik gegen das Kantische, von ihm missverstandene „Spiel",[2])
fordert er einen ernsten, sittlich bessernden, Ideengehalt; zugleich aber fühlt er das Unpoetische dieser Forderung, und
sucht sie zu mildern, indem er andererseits eine leichte ange-
nehme Darstellung der Begebenheiten fordert, indem er dem
Künstler vorschreibt, „mit unseren Gedanken und Leidenschaften zu *spielen,* sie zu erregen, festzuhalten, zu verwandeln
und verschwinden zu lassen" — mit anderen Worten, er ge-
stattet der Kunst ein absichtliches Spielen zu egoistischen
Zwecken — er verfällt selbst in die Trivialität, welche er
Kant zuschreibt.[3])

Uebersetzt man beide Kunsttheorien ins Praktische, so
findet man in Kant den Theoretiker der klassischen Zeit, in
Herder denjenigen der Sturm- und Drangperiode: während
das Kantische „reine Schöne" seinen Ausdruck in den form-

---

[1]) S. 125, 301.
[2]) S. 141, 144, 158.
[3]) S. 153.

vollendeten Kunstwerken der Klassiker fand, gelangte weder die
Theorie Herders, noch die dichterische Praxis der Stürmer und
Dränger zur künstlerischen Verschmelzung von Form und Inhalt: die erstere blieb derb realistisch, während der letztere sich
in weichliche Sentimentalität und übertriebene Phantasterei
verlor. Man könnte Herders Theorie mit jeder naturalistischen
Richtung überhaupt in Beziehung bringen, auch mit dem
modernen Naturalismus, welcher alle seine, an sich ideale, Probleme auf so nüchterne, unpoetische und derb-realistische Art
löst. Noch in einem anderen Punkt nähert sich der Kunst-
Naturalismus der Herderschen Theorie: beide streben danach,
die menschliche Persönlichkeit zum vollen Ausdruck zu bringen,
der Individualität zu ihren Rechten zu verhelfen, wenn es auch
auf Kosten der ganzen Menschheit und der allgemeinen Ordnung geschehen sollte.

So ist es auch in der Aesthetik nicht der Fachmann
Herder, sondern der Philosoph Kant, welcher unverrückbare,
feste und absolute Regeln aufstellt, und so für die theoretische Entwicklung der Kunst von Bedeutung ist. Herders
Verdienst hingegen ist sein unmittelbarer Einfluss auf den
praktischen Fortschritt der Kunst, die tiefgehende Wirkung,
welche seine *genetische* Methode in der Kunst hervorgebracht
hat; wie auf allen Gebieten, so ist auch in der Aesthetik der
beste Gedanke Herders der des naturgemässen Werdens. Die
vergleichende Litteraturgeschichte, die germanische Philologie,
die Forschung auf dem Gebiet der Volkspoesie — alle diese
Zweige der Wissenschaft gehen im wesentlichen auf Herder
zurück; man braucht sich nur an die Bedeutung der von ihm
angeregten Shakespeare-, Ossian- und Homerstudien, an seine
Wirkung auf den jungen Goethe, an den Einfluss der Volks-
liedersammlungen, zu erinnern, um Herders Bedeutung für die
historische Entwicklung der Kunst und vor allem der Litteratur
zu begreifen. Brachte Kant eine Reform auf dem theoretischen
Gebiet, so wirkte Herder auf die angewandte Kunst; stellte der
erstere absolute Regeln auf, so wies der letztere auf das His-
torisch-Individuelle hin. Unwillkürlich erinnert uns diese Pa-
rallele an den anderen, rein litterarischen Gegner, Herders
an Lessing: auch dieser hatte seine Stellung mehr auf dem

theoretischen Gebiete, und auch er verhielt sich zu Herder, wie
sich die absoluten Kunstformen und Regeln zu den wandelbaren,
individuell bedingten Kunstrichtungen verhalten; und wie Herder
und Lessing einander nicht ausschliessen, sondern im Gegenteil ergänzen und vervollkommnen, so ergänzen sich auch
Herder und Kant, wenigstens in ihren wahren Behauptungen,
und bilden zusammen eine vollkommene Einheit, die nur klarer
hervortritt, nachdem wir sie beide gesondert und geschieden
haben.

7. Schluss.

Für die *Beziehungen* Herders zu Kant war die Ansicht des
ersteren massgebend, dass er ein Philosoph der Wirklichkeit, der
Natur, sein Gegner aber ein Philosoph des grübelnden Witzes,
der Schulmetaphysik sei; wie sehr aber auch Herder selbst davon
überzeugt war, für uns verhält sich die Sache, nachdem wir die
beiden Weltanschauungen einander gegenübergestellt haben, ganz
umgekehrt. Kant und nicht Herder sieht die Wirklichkeit mit
unvoreingenommenem, freiem Blick; Herder hingegen idealisiert sie
und interpretiert in sie sein eigenes *Ich;* es gelingt ihm dadurch,
seine ganze Persönlichkeit in seiner Weltanschauung zum vollen
Ausdruck zu bringen, aber dafür gelangt er nicht, wie Kant,
zum klaren Einblick in die thatsächliche Welt. Dass das wirkliche Verhältnis der beiden Denker demjenigen entgegengesetzt
ist, welches sich Herder vorstellte, dass die Schuld, welche er
seinem Gegner zuschrieb, in Wirklichkeit auf ihm selbst lastet,
bringt eine tragische Ironie mit sich, welche um so mehr unser
Mitleid mit Herder hervorruft, als er selbst seiner Sache vollständig sicher war.

Der Kriticismus war ein harter Prüfstein für Herder; wo
sein eigenes System nicht fest genug war, wo es in sich
selbst die Keime des Verfalls trug, da erlag es dem strengen, klaren Gedanken Kants. Dieser hat selbst mit seiner
Recension der „Ideen" den ersten Schritt zu diesem Prüfen gethan, und Herder hat dasselbe vollendet, indem er in seiner
Polemik gegen Kant die schwachen Seiten seiner eigenen Theorie
blossgelegt hat. Die nähere Betrachtung beider Denker hat uns
gezeigt, wie nur die falschen Aeusserungen Herders Kant wider-

sprechen, während der gesunde Kern seiner Gedanken den letzteren nur ergänzt; seine dynamische Weltanschauung, sein ästhetisch ausgebildetes Gefühl, nur in reinere Formen gegossen, von jeder Stockung, die seine Persönlichkeit mit sich brachte, befreit, stehen dem Kriticismus ergänzend zur Seite. Auch für Kant scheint diese Polemik ein Prüfstein zu sein, aber an diesem bricht nicht der Kriticismus selbst zusammen, sondern nur klarer wird es, zu welchen Missverständnissen und Missbräuchen derselbe führen kann; die gleichen Vorwürfe erhoben sich auch später, entweder gegen Kant selbst von solchen, die wegen ihrer Geistesverschiedenheit Kant nicht verstehen konnten, oder aber gegen solche, die sein System weiterzuführen dachten und es nur verschlimmbesserten. Auf allen Gebieten hat der Kantische Kriticismus unstreitig einen theoretischen Vorzug vor dem naiven Realismus Herders. Das systematische, konsequente Denken war überhaupt nicht der Vorzug Herders. Vielleicht weil er nicht so sehr nach der reinen Erkenntnis, als nach geistiger Befriedigung und innerer Ruhe strebte, störte ihn der Widerspruch des Ideals und der Wirklichkeit nicht; er erhob in seiner poetisch-religiösen Phantasie die Wirklichkeit eigenmächtig zum Ideal; sie beide versöhnten sich in seinem naiven Realismus; Welt und Bewusstsein erscheinen bei ihm als eine unklare und verschwommene Einheit.

Kant hingegen sonderte beide; er durchschnitt die verworrene Einheit wie einen gordischen Knoten, und stellte als höchstes Ziel der Wissenschaft das ewige Streben nach einer inneren und harmonischen Einheit der beiden Teile auf. Inzwischen entwarf Herder eine prophetische Zeichnung dieser Einheit; er streute fruchtbare Samen in den Boden, welchen sein Gegner vorbereitet hatte. Ohne ein geschlossenes System aufzustellen, warf Herder nur einzelne Gedanken hin und bahnte ihnen durch öftere Wiederholung den Weg, so dass sie später, in unserem Jahrhundert, bereichert wieder auftreten konnten. Während Kant selbst mit schöpferischer Hand sein grosses Werk zu Ende brachte und die Wissenschaft in neue Bahnen führte, war es die Aufgabe Herders, erzieherisch auf seine Mitwelt zu wirken, allen Bestrebungen seines Zeitalters den Stempel der Humanität aufzudrücken und in seinen Zeitgenossen, einem Goethe und einem

Alexander von Humboldt, die Begeisterung für die Forschung
zu wecken.

Während Kants grosses philosophisches System in *theo-
retischer* Hinsicht kaum verbessert werden kann, werden Herders
Gedanken immer weitergeführt werden, ohne dass das Ganze
darunter litte. Herder selbst hat seine Arbeit zu keinem Abschluss gebracht, aber sein Beispiel des rastlosen Suchens und
Forschens, seine für das Ideal und für die Wahrheit begeisterte
Rede spornte andere zur Vollendung seiner Arbeit an. Wenn
auch Herder weder ein direkter Vorläufer Darwins und Hæckels,
noch ein Begründer der modernen Entwicklungslehre genannt
werden kann, so ist er doch der Erzieher einer realistischen,
naturforschenden Generation. Zu Herders Zeiten waren die Gedanken vom ewigen Werden, von der allmählichen Entwicklung
sogar in der naiven Form, in welcher er sie ausgesprochen hat,
etwas ganz Neues, Unerhörtes, etwas, wofür viele Lanzen gebrochen werden mussten, bevor es Eingang fand. Die erste
Lanze brach Herder; zwar war sein Erfolg nicht vollständig,
aber seinen Nachfolgern war es schon leichter, den von ihm
gebahnten Weg zu gehen. Herder that den ersten Schritt zum
Anbau der neuen Wissenschaft, aber in den alten hergebrachten
Traditionen befangen, stand er noch nicht fest auf dem un-
bebauten Boden. Dem ersten Schritt aber folgten andere; man
eroberte am Ende das Gebiet, welches der naive Realist des
vorigen Jahrhunderts ahnend vorausgesehen, aber zu früh sich
im Besitz desselben geglaubt hatte.

Wurde Kants grosses theoretisches Gebäude in seinem
eigenen Geiste ausgeführt, so konnte Herder die von ihm
angebahnte Richtung nicht selbst abschliessen, denn in einer
Theorie, die so sehr viel Erfahrung und Kenntnisse, wie die
Entwicklungslehre, fordert, kann unmöglich das Wissen und
Können *eines* Menschen ausreichen; da müssen sich viele Men-
schenkräfte erproben, viele Hände müssen angelegt werden, viele
Generationen müssen die Wahrheit der neuen Lehre, die Stand-
haftigkeit des neuen Baues erproben, bis endlich das Ganze in
seiner abgeschlossenen Vollkommenheit und Dauerhaftigkeit dasteht. Dafür aber hat auch die empirische Richtung, welcher
Herder angehört, den Vorzug, dass sie in ihrer nunmehrigen

Ausbildung allgemeine Anerkennung geniesst, so dass sogar der Wert und die Richtigkeit der rein spekulativen Theorie Kants daran gemessen wird, inwiefern dieselbe mit dem Entwickelungsgedanken im Einklang steht. Im Laufe der Zeit wurden die Rollen gewechselt: unterlag erst der Vorläufer der Entwickelungslehre Herder dem freien abstrakten Gedanken des Begründers des Kriticismus, so wird jetzt umgekehrt Kant vom Standpunkt der ausgebildeten Entwicklungslehre beurteilt.